ジュエリーデザイナー

水上ルイ

幻冬舎ルチル文庫

CONTENTS ✦目次✦

憂えるジュエリーデザイナー

✦カバーデザイン＝高津深春（CoCo.Design）
✦ブックデザイン＝まるか工房

イラスト・円陣闇丸✦

憂えるジュエリーデザイナー

AKIYA 1

……東京って、なんて綺麗《きれい》な街なんだろう……。

壁一面に取られた大きな窓。その向こうに広がる、宝石のように煌《きら》めく夜景。

ライトアップされたレインボーブリッジ。高速道路をゆっくりと流れるテール・ランプ。

高層ビルの上には、赤い航空灯が、まるで呼吸をするようにゆっくりと明滅《めいめつ》している。

ベッドから見渡すその夜景は、都会の輻射熱《ふくしゃねつ》に、わずかに揺らいで見える。

きっと、ガラス一枚隔《へだ》てた外は、蒸し暑い熱帯夜。

でも、少しひんやりとするほどエア・コンディショニングの効いたこの部屋にいると、外の気温が嘘《うそ》のよう。

「……晶也《あきや》……愛してるよ……」

優しい囁《ささや》き。

……ああ、ここにいて、彼の腕に抱かれていると、まるで天国にいるみたい……。

僕は、とろけそうな快楽の淵《ふち》から、ゆっくりと引き戻される。

裸の身体《からだ》に感じる、滑らかな彼の肌。その逞《たくま》しい身体、あたたかな体温。
「……僕も……愛してます……雅樹《まさき》……」
僕は目を閉じて、彼の胸に頬《ほお》を埋《うず》める。
……一瞬でも、離れたくない……。
額に、彼のキス。
「……晶也……」
頬にも優しいキス。肌に唇をつけたまま、彼が囁く。
その逞しい身体に似合った、よく響く美声。
さっきまでの行為の名残か、囁きには微《かす》かな欲情が滲《にじ》んで、少しだけかすれている。
なんだかそこが、ますますセクシーで……。
その囁きを聞くだけで、僕の身体は、甘く痺《しび》れてしまう。
「……雅樹……」
ゆっくりと顔を上げ、目を開けると、覗《のぞ》き込んでいるのは、僕の恋人。
きりりとした眉《まゆ》。きっちり彫り込まれたような奥二重の目。黒曜石《こくようせき》みたいな黒い瞳《ひとみ》。
品よく通った高い鼻梁《びりょう》、少し薄めの男っぽい唇。
完璧《かんぺき》なバランス、文句のつけようのないほど整った、見とれるようなハンサム。
その男っぽい美貌《びぼう》は、会社ではいつも、ストイックな無表情を保っている。

その美しい黒い瞳は、デザイン上のどんなミスも見落とさない、というように強い光を放ち、その眉は時に神経質に寄せられる。

初めて彼に会った時、僕は少し彼のことが怖かった。

ずっとずっと憧《あこが》れ続けていた、世界的に有名なジュエリーデザイナー。

僕を心酔《しんすい》させてやまない才能。彼は、手の届かない場所にいる、神々《こうごう》しい存在だった。

『彼にこんなに憧れるなんて許されないかも？』『彼に嫌われたらどうしよう？』思いあまって彼に話しかけてしまったけれど、僕の心は、本当はそんな恐れでいっぱいだった。

……だけど……。

今、僕を見つめてくれているのは、このうえなく優しい瞳。

……本当に、毎日が、夢を見ているみたい……。

僕の名前は、篠原《しのはら》晶也。二十四歳。

イタリア系宝飾品会社、ガヴァエッリ・ジョイエッロでジュエリーデザイナーをしている。

彼の名前は、黒川《くろかわ》雅樹。二十九歳。

会社では僕の上司。ジュエリーデザイナー室のチーフをしている。

ただの憧れの対象だったはずの、尊敬する上司の彼から、いきなり『愛している』と告白され、ほとんどむりやりにキスを奪われたのが……去年の十一月。

恋愛経験の浅い僕は、あまりにショッキングな出来事に混乱し、彼を手厳しく拒み……。

でも、苦悩する彼を見、彼がイタリアに異動になるのでは、という噂《うわさ》（デマだったんだけど）を聞いた僕は、自分の気持ちが、憧れじゃなくて恋と呼べるものだったことに気づき……。

そして僕は彼に自分の気持ちを告白し、その夜、僕らは結ばれた。

普通のカップルならそろそろ落ち着いた関係に入っていそうな頃、なんだけど……。

「……疲れた？」

彼の囁きに含まれる、とろけそうなほど甘い蜜《みつ》。

僕らは、相変わらず、あきれるほどの甘々ラヴラヴ状態……なんだよね。

「……大丈夫です……でも、少しだけ」

言うと、彼は僕を見下ろし、指先で愛《いと》おしげに僕の頬のラインをたどって、

「……ん？　残業をした後で……だったからね」

僕を見つめる彼の唇に、少しからかうような優しい笑みが浮かんで、

「……でも、君も悪い。今夜は抱き合うだけで勘弁してあげようと思ったのに、色っぽい顔で、もう我慢《がまん》できないです、なんて……」

「……あっ……！」

自分がさっきまでどんなふうだったのかを思い出して、頬が、カアッと熱くなる。

ベッドの中では、ものすごくイジワルな雅樹。

その美しい唇や指で、もう何も解《わか》らなくなるほどめちゃくちゃに感じさせ、でも変になりそうになるまでジラし、僕が羞恥《しゅうち》を捨てて必死で懇願《こんがん》するまで許してくれず。

僕は、ジラされた先のものが欲しくて我を忘れ、ものすごくエッチなことまで言っちゃって。

……恥ずかしい……僕ったら……。

「……ち、違います……ま、雅樹ったら、もう……」

自分の声がエッチな感じにかすれちゃってるのに気がついて、僕はますます恥ずかしくなる。

……だって、これは、我を忘れて喘《あえ》いじゃった証《あかし》で……。

「……あ、あの……僕、シャワーを……」

慌てて起き上がるけど、ふらっと身体が傾いてしまう。

……ああ、さっきまでアンナコトされてたから、身体に全然力が入らない……。

引き寄せられ、そのままベッドに押し倒される。彼は、優しい顔で僕を覗き込んで、

「……ムリしないで。イッたばかりなのに……」

「……あっ……」

また真っ赤になった僕の唇に、彼の唇がそっと重なってくる。

「……ん……」

行為の前の、濃厚でセクシーなキスとは違う。

まるで、愛しているよ、と囁くような静かな口づけ。

「……ん……雅樹……」

「……愛しているよ……」

口づけだけじゃなく、言葉でもそう囁かれ、何もかも忘れそうになる。

「……あ……ん……」

「……ん……？　君は……？」

一糸まとわぬ裸のままの身体。腰を引き寄せられて、ドキリとする。僕は真っ赤になりながら、

「キ、キライです。だってあんなになるまで僕をいじめて……」

彼のいたずらな手が、僕の肌の上をそっと滑る。

「いじめた？　俺はいじめた覚えなどないよ？」

感じやすいことを知っているくせに、わざと偶然みたいにさりげなく、僕の脇腹《わきばら》を撫《な》で上げる。

「……あ、んん……！」

僕の身体が、勝手にピクンと跳ね上がってしまう。唇に、彼の唇が重なる。

「……んんっ……！」

体温が急に上昇するみたいな気がして、僕は慌てて彼の唇から逃げながら、

「……あ、ん……もうだめ、雅樹……」

だけど彼は許してくれず、その唇は僕の唇を追い、キスを繰り返し……、
確かめるように重ね合わせていただけの唇、だけど彼の舌は僕の唇の隙間《すきま》からそっと忍び込み、僕の舌をすくい上げてチュッと吸い上げ……、

「……んっ……んんっ……！」

だんだん深くなり、セクシーになるそのキスに、鼓動《こどう》が速くなる。

そのうえ、シーツの下で抱きしめてくる彼の裸の肌を、直《じか》に感じてしまって……、
二人の肌と肌が擦《こす》れ合う、その滑らかで熱い感触に、目眩《めまい》がする。

「……んんーっ……あ……んんっ……！」

さっきまで彼を受け入れていた蕾《つぼみ》。逞しいその形、僕を奪う獰猛《どうもう》なその動きを思い出すだけで、身体の芯《しん》がとろけそうになる。

……ああ、僕ったら、また……！

イかされたばかりなのに、僕の欲望は、ツキンと甘く反応してしまう。

僕からキスを奪っていた彼が、わざと驚いたような顔をして、

「……ん？　キスだけでまた欲情してしまったの？　エッチな子だ」

「……あっ……！」

笑いを含んだものすごくセクシーな声で囁かれて、僕はもう恥ずかしくて泣きそう。

「……だって、あなたがこんなにセクシーなキスをするから……また……！」

「また？　ということは、もう一度したくなってしまった、ということだね？」

美しい瞳で見つめられて、身体に甘い震えが走る。

彼の目の中には、野生の肉食獣みたいな獰猛な光があって。

「もう一度、抱きたい」

囁かれて、身体の奥が甘く熔《と》けてしまいそう。

「晶也、もしだめなら……」

彼は、僕を見つめたままふと苦笑して、

「……俺を止めてくれ。君といると、欲情しすぎて、歯止めが利かないよ」

冗談めかした言葉、だけど彼の声には、恋に堕《お》ちた男の甘い苦悩が滲んでいるようで。

大人っぽい苦みを含んで、でもとてつもなくセクシーなその声。

僕の中の最後の理性を、それは簡単に熔かしてしまう。

「……あなたこそ、僕を止めてください」

彼の身体に腕をまわし、しなやかな筋肉のついた背中の感触を確かめる。

僕は彼の厚い胸に頬を埋め、目を閉じて囁く。

「……あなたの腕に抱かれていると、欲情しすぎて、まるで歯止めが利きません……」

……ああ、恥ずかしいけど、本当にそうなんだ……。
「……晶也……」
彼の腕が、僕を固く抱きしめる。
彼の唇が、僕から激しくキスを奪う。
僕らはそのまま全てを忘れ、今夜もお互いの熱に溺《おぼ》れてしまう。
そして僕はまた……次の日、会社で足をふらつかせることになっちゃうんだよね。

MASAKI　1

俺の晶也は、今朝もとても色っぽかった。

晶也は、華奢《きゃしゃ》でしなやかな体つきをしているが、綺麗に肩が張っていて、いつもきちんと背筋を伸ばしている。

そのために、女性的なイメージはない。凛《りん》とした、気位の高い美青年に見える。

しかし、昨夜あんなにも愛し合った余韻《よいん》で、今朝は……。

デザイナー室の朝のミーティングの後。

ミーティングルームから出た時、腰に力が入らないのか、晶也はふいに足をふらつかせた。

ほかのメンバーに見られないように、さりげなくその肘《ひじ》を支えてやると、彼は、俺を見上げ、ありがとうございます、という形に小さく口を動かした。

それから、美しい琥珀《こはく》色の瞳で俺を見つめたまま、滑らかな頰をポッとバラ色に染めた。

何が原因で足に力が入らないのか、思い出したのだろう。

創作に携《たずさ》わる時の、自分に厳しく、妥協を許さない真摯《しんし》な姿勢。しかしほんの少し手荒に扱っただけで、サラリと崩《くず》れてしまいそうな、美しく繊細な脆《もろ》さ。

その危ういアンバランスが、男の脳の中の原初的な部分を図《はか》らずも刺激してしまう。

いったい今までに何人の男が、晶也のその魅力に我を忘れ、恋い焦がれたことか。

しかし晶也は、全く汚れを知らないまま、奇跡のように俺の腕の中に舞い降り……。

見つめると、彼はますます赤くなり、長いまつげを恥ずかしげに瞬《またた》かせた。

目をそらし、俺にしか聞こえないような小さな声で、マサキノイジワル、と甘く囁いた。

それは、やはり昨夜の余韻を語尾に残した、色っぽいかすれ声。

俺はいきなり歯止めが利かなくなりそうになって、慌てて理性を総動員した。

まったく……オフィスで出すには色っぽすぎる声だよ、晶也……。

仕事中も、晶也は少し寝不足なのか可愛《かわい》いあくびを漏《も》らし、俺と目が合うと長いまつげを瞬かせて慌て、じっと見つめてやるだけで滑らかな頬をまたバラ色に染めた。

……晶也と過ごせる毎日は、幸せすぎて、今でも夢を見ているようだ……。

「……という提案が、本社の方から来ております」

日本支社長のダミ声で、俺は現実に引き戻される。

ため息をつき、さりげなく腕の時計を見ると、時間は十二時五十分。

今日は晶也を誘って二人でさりげなく抜け出し、近所に見つけた美味な懐石《かいせき》料理屋でランチにする予定……だったにも拘《かかわ》らず……。

ガヴァエッリ・ジョイエッロの日本支社、会議室。

急に開かれることになったランチ・ミーティングのために、晶也とのランチがふいになってしまった。

晶也に会議のことを告げると、また今度、と優しく笑ってくれたが……本当なら今頃は二人きりでいられたはずなのに、と思うと不思議なほどの苛立《いらだ》ちが湧《わ》いてくる。

会議には、日本支社長、取締役、そして各課のチーフクラスが集められていた。

日本支社長の要領を得ない話し方に、俺はとても不機嫌だった。

しかも、イタリア本社から言ってきた内容が……、

「ガヴァエッリ・ジョイエッロ香港《ホンコン》支店？」

俺は書類から目を離し、日本支社長の顔を見ながら言う。

誰かが止めないと、支社長は午後の就業時間になるまでだらだらと説明を繰り返すだろう。

「あの支店は手のつけようのないほど売り上げが落ちています。ショッピングセンターに移転するはずでしたね。交渉も順調に進んでいると聞きましたが？」

言うと、日本支社長は、

「それがですね、本社の方から、急に、移転するための予算が出ないと言ってきまして。ご存じの通り、香港の主要なショッピングセンターに出店するためには莫大《ばくだい》なお金が……」

「移転した後の店に置くための商品依頼を、だいぶ前にいただきました。できあがったデザ

イン画は、すでに本社の工房に発送済みです。香港支店向けということで特殊な留めや宝石を使用しています。ほかの支店に送るのは難しい。……まさか必要ないなどということはありませんね？」

俺が言うと、支社長は怯《おび》えたように頬を引きつらせ、

「その商品は香港に送らせていただきます。移転はできないが、改装をしようということで……」

俺はため息をつき、

「中国返還前の五年間で、香港からは、今まで上得意だった富豪たちが次々にいなくなりました。予想されたような混乱はありませんでしたが、税金は高く、物価も返還前に比べると驚くほど上がっている。だが、今でも香港は悪い市場ではありません。香港に残った富豪もいるし、リターンしてくる顧客《こきゃく》も多い。立地条件によっては旅行者の購買が期待できる。しかし……」

俺は、日本支社長の顔を見つめ、

「あの場所では、それもまずアテにできません」

「それはそうですが……本社命令で……」

しどろもどろになった支社長に、俺は、

「香港ペニンシェラのゼネラルマネージャーのタム氏と、ついこの間、偶然お会いしました。

彼は、ペニンシェラ・アーケードにガヴァエッツリ・ジョイエッツロが出店するのを楽しみにしていました。アーケード側と揉《も》めたわけではなさそうですね」

支社長はぐっと息をのみ、それを長いため息にして吐き出してから、

「詳しい事情はわからないのです。私も原因を知りたいと思って何度も問い合わせましたが、本社の方は『移転の話はまだ契約金を払ったわけではなく、本決まりになっていたわけではない。予算が出ない』の一点張りで……」

『守銭奴《しゅせんど》で、しかも頭の悪いマジオが、手をまわしたんだな』

支社長が座るべき背もたれの高いイス。そこに長い脚を組んで座った男が、イタリア語で言う。

『新しく思いついた妨害方法というわけだ。我が兄ながら性格は最悪だな』

よく響く、舞台俳優のような美声。だが、言葉の最後に、その声に似合わぬ下品な俗語を呟《つぶや》く。

『早口のイタリア語は俺にしかわからないとはいえ、会議の席で、なんて下品な人だ』

イタリア語で言ってやると、彼はその口の端に笑いを浮かべて肩をすくめる。

彼はアントニオ・ガヴァエッツリ。三十歳、独身、イタリア人。

このガヴァエッツリ・ジョイエッツロを一族で経営している、世界に名だたる大富豪、ガヴァエッツリ家の次男。

まるで彫刻のように完璧な美貌。パリコレのキャットウォークを歩いていてもおかしくないような見事なスタイル。クセのある黒髪を額に垂《た》らした、とんでもない美形。

しかしその美しい容姿に反するように、その性格は最悪だ。

社長の御曹司《おんぞうし》でしかも副社長。本来ならローマ本社の副社長室でふんぞり返っていればいい身分だ。

だからおとなしくイタリアにいれば良いものを、去年の十二月、日本支社に異動してきた。今では、本社副社長と、日本支社宝石デザイナー室のブランドチーフを兼任している。

「あのお……」

本社副社長であるアントニオには全く頭の上がらない、日本支社長が、恐る恐る言う。

イタリア語は解らないので日本語で頼みたい、と言いたいのだろう。

アントニオはため息をついて、腕時計を覗き込み、

「香港支店の販売促進の件に関しては、私の方で少々考えがある。決定したら、君たちにも会議もしくは書類で発表する。……そろそろ午後の業務が始まるので、この会議はお開きにしよう」

少しだけクセがあるが、ほぼ完璧な発音の日本語で言う。

この男がイタリア語を使うのは、日本語が話せないからではない。面白がって下品な言葉を吐きたいという理由だけでだ。

「諸君、わざわざのご足労ありがとう。……ミスター・クロカワ、少し話があるので残ってくれ」

これだけの話でチーフクラス全員を呼び出したのか、という顔で支社長を睨んでから、アントニオが俺に言う。

支社長をはじめ、チーフクラスの面々は席を立ち、口々にアントニオと俺に挨拶《あいさつ》をして会議室を出ていく。

ドアが閉まるのを待ちかねたように、アントニオは優雅な仕草でタバコの箱を内ポケットから取り出す。それから、灰皿を探すようにあたりを見回す。

「禁煙ですよ。お忘れですか？」

言ってやると、彼はその端整な顔にうんざりした表情を浮かべて、

「どうして日本は、そうやってどこもかしこも禁煙に……」

「ニューヨーク支社には、喫煙室すらありませんよ。ローマ本社も、半分のフロアは禁煙です。いいかげん、抵抗するのをやめて、きっぱりタバコをやめたらどうですか？」

「タバコは確かに健康に良くない。しかしムリにタバコをやめることは精神に良くない。恋人が、タバコをやめて、と言ったら禁煙すると決めている」

「結局、吸っても吸わなくてもどちらでもいいんですね。だったらやめればいいのに」

俺はため息をついて、ファイルを閉じる。彼は、目を丸くして、

「これは驚いた。おまえが私の健康を心配してくれているとはね」

「いえ。あなたにそばでタバコを吸われると、俺のスーツがタバコ臭くなるので」

「……なに？」

「抱きしめた時、晶也に『タバコ臭い』と思われたくないんです。……吸うなら窓を開けてどうぞ」

アントニオは呆気《あっけ》にとられた顔で俺の顔を見つめ、それから大袈裟《おおげさ》にため息をついて、

「ああ、ああ、そうやっていつまでもノロケていろ。私は大富豪ガヴァエッリ一族の御曹司で、大企業ガヴァエッリ・ジョイエッロの副社長で、おまえの上司で……」

「……窓を開けて換気をするか、今すぐタバコをしまうか、俺に殴られるのを覚悟するか……」

「まったく。恋に狂った男は凶暴で困る」

アントニオは言いながら立ち上がり、会議室を横切って、非常用に開閉できるようになっている窓を開ける。タバコに火をつけ、ポケットから携帯用の灰皿を取り出す。革製で、薄型の財布のように見える。高価ではないだろうが、洒落《しゃれ》たデザインのもの。それをかざしながら、嬉《うれ》しそうな顔をして、

「いいだろう！　ユウタロからのプレゼントだぞ！　やはり彼は私に気があるんだな！」

「あなたがどこに行っても灰皿を探して騒ぐので、うっとうしくて仕方がないからでは？」

「うっとうしくて仕方がないとはどういうことだ？　私はヨーロッパでは要人待遇《VIP》で、世界に名だたる大富豪ガヴァエッツリ一族の……」

「そんなことはどうでもいいです。それよりも、さっきの香港支店の話を聞かせてください」

「そんなことはどうでもいいですとはどういう……」

アントニオは言いかけてから、言ってもムダか、という顔でため息をつき、

「まあいい。そうだ、おまえに大事な用件があったんだ」

アントニオは、珍しく真面目《まじめ》な顔になって内ポケットから封筒を取り出す。

差し出された俺はそれを受け取る。

上質な紙。洒落た字体でガヴァエッツリ・ジョイエッロ日本支社の住所と、アントニオの名前が書いてある。

裏を返すと、香港の住所と『李《リー》』の文字。赤い蜜蠟《みつろう》の上には、竜《りゅう》の紋章《もんしょう》が押されている。

「私宛になっているが、読んでいい」

アントニオの言葉に、俺は封筒の中から便せんを取り出して開く。

ふわりと立ち上る、粉っぽい白檀《びゃくだん》に似た香《こう》の匂《にお》い。独得のカビ臭さと、熟れすぎた果実の甘さ。

……香港の香りだ。

この香りは、消えかけた、子供の頃の憂鬱《ゆううつ》な記憶を、俺によみがえらせる。

俺は暗い気分に落ち込みそうになり、ふと便せんを開く手を止める。アントニオが、

「遠慮しないで読め。おまえ宛の手紙、でもある」

窓からの風で、彼がいつも吸っているタバコの、少しクセのある香りがふっと漂ってくる。

いつの間にか嗅《か》ぎ慣れてしまったその現実的な香りが、俺をなんとなくホッとさせる。

便せんを開くと、中には英語の文面。表書きと同じ丁寧な字。俺は目を通し、それから、

「……まさか……」

思わず呟く。目を上げてアントニオを見ると、彼も、驚いただろう、という顔で俺を見つめ、

「あの、門外不出と言われる伝説の宝石、『李家の翡翠《ひすい》』を所有する、李一族からの手紙だ」

俺は信じられない、という気持ちで文面をもう一度読む。

「あの翡翠が、ついに売りに出される……？」

呆然《ぼうぜん》としながら言うと、アントニオはうなずいて、

「李一族は、香港を捨ててパリに移住する。あの一族の人間の顔は、香港はおろか世界中の好事家《こうずか》の間に知れ渡っている。あの翡翠を懐に隠し持って屋敷を出るとわかったら、世界中から宝石目当ての強盗が束になって彼らに襲いかかるだろう。李一族はあの翡翠を持って海外で暮らすのは……不可能だと判断したらしい」

「それで売りに出したいと？　なぜ博物館に寄付することを考えなかったのでしょうか？」

「李一族は、中国国内の博物館の警備体制を信用していない。それに……」

アントニオは、言いづらそうな口調で、

「莫大な財を築いた李一族の前の当主は、三年前に亡くなっている。新しい当主は、香港の中国返還前の混乱、そして返還後の不景気を乗り切れなかった。李一族の財産のほとんどは失われてしまったという噂《うわさ》だ。あの翡翠を売れば莫大な金になる。一族の人間が新しい国で不自由なく暮らすのに、じゅうぶんな金額だろう」

李家の当主の盛大な葬儀の様子は、海外向けのニュースでも流されていた。世界中の大富豪と面識があるアントニオも、確かそれに参列していたはずだ。

アントニオは、その時のことを思い出したようにため息をついて、

「前当主の李氏は、とても人柄の良い方で、香港を心から愛していた。李一族があの翡翠を手放し、香港を離れることになったのは……私にとっても残念なことだ」

俺はうなずき、手の中の手紙に、さらに、もう一度目を通す。

李一族は、アントニオのいるガヴァエッリ・ジョイエッロになら、翡翠を売ってもいいと言ってきている。しかし。

ガヴァエッリ・ジョイエッロだけではなく、あと二社、候補がある。李家の屋敷に宝石を納《おさ》めることの多かった、フランスの宝飾店『ヴォー・ル・ヴィコント』、そして昔から李家

と親交のある大富豪・劉《ラウ》一族の経営する、『R&Y』。

その社名を見るだけで、俺の心が不安な予感に冷たくなる。

『R&Y』の若き社長は、劉一族の当主、中国系アメリカ人のアラン・ラウ。

……ほんの四ヶ月前、俺の晶也を、アメリカに連れ去ろうとした男……。

『李家の翡翠』のデザインを引き受けたとしたら、俺はいやおうなしにアラン・ラウと対面することになるだろう。

……しかも……。

「李一族は、ガヴァエッリ・ジョイエッロのデザイナーとして、マサキ・クロカワを指名している。おまえがデザインを引き受けなければ……この話は全てなかったことになる」

「どうして、あなたをデザイナーとして指名しなかったのでしょうか？」

「ガヴァエッリの御曹司にデザインを依頼したら、それがどんなに最悪な出来でも、断るわけにはいかないだろう？　……ここで、先ほどの香港支店の話に戻る」

言いながら、自分のファイルを開いて、そこに挟んであったぶ厚いコピーの束を取り出す。

「ガヴァエッリの香港支店ができたのは、十七年前。返還前の五年間で香港から金持ちが消えるまでは、まあまあの業績を上げていた。が、今はそうはいかない」

言いながらコピーの束をめくり、

「しかも、今の店があるのは、高級住宅街や観光客の多いショッピングセンターとは離れている。とてもガヴァエッツリの商品が受け入れられるとは思えない」

「だから……マジオ・ガヴァエッツリの妨害だと？」

「そう。香港の新しい店には、『ガヴァエッツリ・ジャパン』の商品を多数置いたらどうか、との提案がイタリア本社の方から来た。香港店の担当責任者を調べたら、やはりマジオだった。あいつの提案ということだな」

俺は、アントニオが差し出した書類を受け取る。

「あの守銭奴……ああ、失礼、あなたの実のお兄さんでしたね」

俺がわざと言うと、アントニオはイヤそうな顔をして、

「あいつと血がつながっていると思うだけで、うんざりする」

「あのマジオ副社長が、とても採算のとれるとは思えない店舗計画を進めている。ということは、マジオ・ガヴァエッツリの狙《ねら》いは、日本支社デザイナー室、そしてブランド『ガヴァエッツリ・ジャパン』の……撤廃《てっぱい》？」

「そうだ。香港店の売り上げの悪さを、日本支社が作った商品のせいにしようというわけだな」

「店舗をショッピングセンターに移転する方向で、計画を変更することは？」

アントニオはその秀麗《しゅうれい》な眉間《みけん》にタテジワを寄せて、

「もう遅い。ガヴァエッツリ一族の守銭奴第二号……ではなく、親愛なる私の父……パオロ・

ガヴァエッリ社長の承認が出てしまった」

そして、大きくため息をついてから、

「香港店の売り上げを、どうしても伸ばさなくてはならない。『李家の翡翠』がガヴァエッリのものになり、香港店に展示できることになったら……香港支店の改装オープニング・セレモニーには、それを一目見るために世界中の大富豪が集まってくるだろう。香港店、そしてガヴァエッリの宣伝としてそれほど相応《ふさわ》しいものはない。……おまえも、そう思うだろう？」

アントニオは言って、俺の顔を見つめる。俺は、

「要するに、俺に選択権はない、この勝負を受けろ、ということですね？」

「もちろん強制はできないが……と言いながら、この話の流れでは、強制、だな」

その言葉に、俺は深いため息をつく。

「パオロ社長もそうとう人が悪い。ことあるごとにマジオとあなたを戦わせようとする」

「あの人は昔からそうだ。帝王学を学ぶための試練だとでも思っているのだろう。まったく迷惑な。しかし、ガヴァエッリ一族の男は多かれ少なかれ、そんなものだ。私のような親切で誠実な男が生まれたこと自体が奇跡だな」

彼は自信たっぷりの口調で言って、気取った仕草でタバコを吸い、

「センスは抜群、頭脳は明晰《めいせき》、そのうえ文句のつけようのないほどのハンサム。私は一族の

宝、いや、人類全体の……ああ、ちょっと待て、マサキ！　人の話はちゃんと聞いたらどうだ？」

アントニオが夢中で話しているスキに、俺は会議室を横切ってドアを開けていた。振り向いて、

「デザイナー室に戻ります。仕事が残っていますし、あなたの顔を眺めている時間があったら、一瞬でも長く晶也を見つめていたいので」

「ああ、ああ、悪かったよ、恋する男の気持ちをわかってやれなくて」

アントニオは携帯用灰皿でタバコの火を消し、デスクの上の書類を取り上げて、

「おまえの不機嫌な顔を見るのもなかなか楽しめるが、私もユウタロの顔を見たいし」

「あなたはまた、そういう……。お遊びで、部下に手を出さないでくださいよ」

「私が、恋愛関係のことではどんなに真面目《まじめ》か、おまえはわかっていないようだな」

俺が、信じられませんね、という意味で肩をすくめると、アントニオは眉をつり上げ、

「信じていないな。まあ、いい。そのうちにわかるだろう。……おまえこそ、仕事中にアキヤの顔を見つめて、おあずけ中の狼みたいに涎《よだれ》を垂《た》らすのをやめろよ」

歩いてきて、俺が開けていたドアを見て、

「気が利くな。副社長の私のためにドアを開けてくれるとは……」

「俺があなたのためにドアを開けることなど、あるわけがないでしょう。俺は自分が出るた

めに……」

俺の言葉の途中で、アントニオが勝ち誇ったように笑いながら、先に廊下に出る。

……まったく、この男は……！

俺はむっとしながらアントニオの後についてエレベーターホールまで歩き、エレベーターの前に立っているアントニオの脇に並ぶ。しばらくの沈黙の後、アントニオが、

「マサキ。ボタンを押さないと、エレベーターは止まらないぞ」

「そうですね。押したらどうです？」

「副社長の私のために、ボタンを押してくれるというのは……？」

「甘やかすとつけあがる人間を、甘やかすつもりはありません」

「この私がいつ……」

「偉そうなことは、遅刻をしないで会社に来られるようになってから言ってください」

「日本語には『重役出勤』という言葉があるのを知らないのか？　私はガヴァエッリ・ジョイエッロの副社長で経営者の御曹司だ。これ以上ないほどの『重役』だと思うが？」

「重役である前に、あなたはデザイナー室のブランドチーフです。デザイナー室ではそんな理屈は通用しませんよ」

俺が肩をすくめて言うと、アントニオは悔しそうに、

「そういうことはハニーの顔を見ても涎を垂らさないくらいの忍耐力をつけてから……」

「なあ～に、ジャレ合ってるんだよっ！」

後ろから聞こえた声に、俺とアントニオは慌てて振り向いた。

廊下の向こう、資料室の前には……、

「……晶也……」

俺の晶也と、デザイナー室のメンバーのうちの一人、森悠太郎《もりゆうたろう》が、資料ファイルを抱えて立っていた。

悠太郎は、晶也と同期のデザイナーで、晶也とは美大時代からの親友だ。

黒い瞳と、艶《つや》やかな黒い髪、運動神経の発達していそうなしなやかな身体をゴルチェのスタイリッシュなスーツに包んだ……なかなかの美青年。

だが、とても気が強く、怖いモノ知らずで、しょっちゅうアントニオに嚙《か》みついている。

晶也と悠太郎は資料室のドアを閉め、廊下を歩いてくる。悠太郎が、

「なにコソコソ言い合ってんのっ？　下品なコトを話してるヒマがあったらコレ運んで！」

腕の中の資料の山をアントニオに押しつけている。アントニオが受け取りながら、

「私の興味を引きたくて仕方ないんだな。だからそうやってすぐにつっかかってくるんだ」

流し目を悠太郎に送る。悠太郎は目を見開き、それからその頰を赤らめて、

「なんだよそれっ！　あなたの興味なんか引きたくないっ！　オレはあきや一筋だもん！」

面倒見のいい悠太郎は、自称『晶也のナイト』。晶也のことばかりを気にして、自分が恋

人を作ることをすっかり忘れている。

お互いフリーであるアントニオと、なんだかんだ言いながらも意気投合したらしく、最近ではアントニオが長期滞在しているホテルに、悠太郎はしょっちゅう入り浸っているらしい。

「こんなに上品な私が、下品な言葉など口にするわけがないだろう？　マサキが勝手に『あたりかまわずアキヤを押し倒したい』だの、『夜が待ち遠しい』だの……」

その言葉に、晶也が驚いたように俺を見上げ、

「ええっ？　ほ、本当ですか？」

「ウソだよ。そんなことを社内でおおっぴらに言うわけがないだろう？」

言って晶也の手から重そうなファイルを取り、かわりに持ってやる。晶也は頰をバラ色に染め、

「あ、ありがとうございます。そうですよね、そんなこと社内で言うわけが……」

俺は身を屈《かが》め、晶也の綺麗な形の耳に口を近づけて、

「……心の中で、『押し倒したい』と思っているのは、事実だけどね」

AKIYA　2

「じゃ〜ん！　これが結婚祝いとして希望してる品でーす！」

デザイナー室。野川《のがわ》さんが、デザイナー室のメンバーにコピーを配りながら言う。

「現物が見つかったモノは、ちゃんと店名まで調べてきたから！　値段は横に書いてあるので、予算に合わせてお願いしまーす！」

「おお、来たっ！　これでプレゼントを買いに行ける〜！」

悠太郎が叫ぶ。広瀬《ひろせ》くんと柳《やなぎ》くんもうなずいて、

「女の子への結婚祝いなんて、わからないですよね〜」

「しかも野川さん、好みがうるさいっすからねー！」

「悪かったわねえっ！　だって欲しいモノと色違いとかだったら悔しいじゃなーい？」

野川さんの結婚式は来週の土曜日。僕らは結婚祝いを相談し、でも何を贈っていいのか迷って……思いあまって、本人に相談した。

どうせだから本人が一番欲しいモノってことで、リクエストをしてもらうことにしたんだ。

野川さんのくれたリクエスト表は、欲しいモノの品目とデザイン画、そのメーカー、欲しいカラー、それを見つけたお店の場所と売場への地図まで書いてある。

「これって『お祝い、絶対ちょーだい』って言ってるみたいじゃやな〜い、野川ちゃ〜ん？」

悪い人じゃないいんだけど、いつも一言よけいなことを言っちゃう田端《たばた》チーフが言う。

「そのリストを作れっていうの、みんなからのリクエストなんです！　だってせっかくあげるんだから喜んでもらえるモノがいいし！　プレゼントに何が欲しいかなんてなかなか聞きづらいし！」

長谷《はせ》さんが、むっとした顔で言う。野川さんは、いつものことよ、という顔で笑いながら、

「あ、そのリストの中に書いてあるモノじゃやなくたって全然オッケーですよおっ！　ハネムーンの費用を出してくれるとか〜！　ガヴァエッリの高額商品をプレゼントしてくれるとかあ〜！」

野川さんの言葉に、田端チーフは慌てて、

「カンベンしてくれよ、ああ、おれはこの『キタガワレースのエプロン』にしようかなあ。エプロンなら……えっ、二万五千円っ？　どういう店？」

「田端チーフ、キタガワレースを知らないんですか？　超一流の輸入物のレースしか扱ってない店で、ハンカチだって四千円はするんですよ！」

長谷さんが言う。野川さんが、

「そういう高いモノは、共同出資の人向けでーす！　一人で買いたい人はリストの上の方から選んでね！　ご予算五百円、うさぎの箸置《はし》きセットから扱ってまーす！」

「一番高いモノは……バカラのクリスタルのシャンパングラス、一客十万円を二客？」

ガヴァエッツリ・チーフが、リストの一番下を読み上げている。野川さんが笑って、

「きゃ～っ！　それはシャレだから気にしないでください～っ！　だって、飲み会で黒川チーフのお宅に行くと、キッチンの棚の中にあるじゃないですか！　もう素敵すぎ、と思っちゃって～！」

「そうそう、俺たちには絶対使わせてくれないっすけどね～」

柳くんが言う。雅樹は肩をすくめ、

「俺と、俺の恋人の使うグラスなんだ。俺の分はともかく、恋人専用のグラスをほかの人に使って欲しくないんだ」

チラリとこっちを見られて、僕は赤くなる。

あのシャンパングラスは、すごく綺麗で、それにクリスタルだから適度な重みがあってすごく使いやすい。

僕らは部屋で乾杯をする時だけじゃなくて、あのグラスとワインクーラーに入れたシャンパンをお風呂に持ち込んで、お風呂から夜景を見ながら乾杯したりしてる。

思い出しただけで、赤面してしまう。

だって、お風呂の中でシャンパンを飲むと、なんだかいつもより早く酔いがまわるみたいで……。

雅樹に『恥ずかしくなくなるおクスリだよ』って囁かれて抱きしめられたら、もうどんなことをされてもいいようなエッチな気分になっちゃって……。

雅樹が、赤面する僕を見つめて、すごくセクシーな笑みを浮かべる。

……あっ、あの顔は、彼も二人だけの夜のこと思い出してる？

「マサキ、仕事中にノロケるんじゃない。ただでさえ東京は猛暑なのに」

ガヴァエッリ・チーフがあきれた声で言って、それから野川さんに向き直って、

「バカラ社には知り合いがいる。私がプレゼントしてもいいぞ。まあ、マサキと同じデザインのモノだとマサキがへそを曲げるかもしれないから、同じくらいの値段でほかのデザインなら」

「ええ〰〰っ？」

「何客必要なんだ？　六客？　いや、客用も合わせると……二ダースは必要かな？」

平然とした声で言われて、僕らは顔を見合わせる。

……さすが、大富豪ガヴァエッリ家の御曹司！　桁《けた》が違う！

野川さんが笑ってしまいながら、

「二客でじゅ〜ぶんですっ！　あと、十万円のシャンパングラスはシャレですので、リスト

の上の方、クリスタルのテディベア、一万五千円で！」

「テディベア！　バカラのテディベアはいいぞ！　別のデザインを私の母親も持っている！」

目を丸くした柳くんと広瀬くんに、悠太郎が、

「ガヴァエッリ・チーフのお母さんは、テディベア・マニアなんだ。そしてガヴァエッリ・チーフはマザコンなんだ」

「マザコンとはなんだ？　男が母親を大切にするのは当然のことだろう！」

「はいはい。まあ、あんな素敵な女性がお母さんだったら、マザコンになる気持ちもわからないでもないけどねえ」

悠太郎がため息をついてから、僕の方を向いて、

「どーする、あきや？　連名にして一緒に買う？　それとももう、何か考えてる？」

「うん。ちょっと考えてるものがあるんだ」

「そうかあ〜。せっかくあきやと連名にして、公認カップルになろうと思ったのに！」

僕は、自分の席でリストを眺めている雅樹を、横目で見る。

実は、雅樹と連名でプレゼントを贈れたらいいな、と前から思っていたんだよね。

ＭＡＳＡＫＩ　２

終業後、会社の地下駐車場。俺のマスタングの助手席に乗り込んだ晶也が、

「明日の土曜日、デート！　とかしませんか？」

弾んだ声で言う。

「野川さんの結婚のお祝いを探さなきゃならないし」

「前に、悠太郎が、晶也と連名で買うと言っていたが？」

「ええ、でも、あの……」

晶也はなんとなく照れたような顔で頬を染め、

「あなたと一緒に選んで、連名であげられたらいいな、なんて。あ、でも……」

慌てたように顔を上げ、

「もう何をあげるのか決まってるなら、忘れてください。あなたのご意見も聞いていなかったし。……もしかして、僕と連名にするのはご迷惑ですか？」

「迷惑なわけがないだろう？」

彼の慌てぶりに思わず笑ってしまう。

「君と連名でプレゼントをあげられるなんて、光栄だな」

言うと、晶也は嬉しそうな顔で笑い返してくれる。俺は、

「今夜はこのまま泊まりにくるといい。明日、一緒に家を出よう」

「あ、だめです！」

晶也は慌てたように、

「今夜泊まったら、きっと遅くまでエッチなことしちゃいます！　そうしたらきっと、明日は外に出ないであなたと一緒に一日部屋にいたくなっちゃうし！」

俺は目を丸くし、それから、

「それは、逆説的なエッチのお誘い？」

「違います！　もう、雅樹ったら！」

頬を染め、ムキになって言う顔が、とてつもなく可愛い。俺は笑ってしまいながら、

「いいよ。今夜は帰してあげよう。そのかわり、明日のデートの後は、どうなっても知らないよ」

言うと、晶也の白い頬が、色っぽいバラ色にふわりと染まる。

……ああ、本当は、今夜も帰したくないんだよ、晶也……？

AKIYA 3

僕らは、お台場《だいば》に新しくできたショッピング・アーケードで待ち合わせた。

その中にある明るいデリ・カフェが、待ち合わせの場所。

明るいクリームとオレンジ色に統一された店内。

二階層吹き抜けになった高い天井から、ころんと丸いライトがたくさんぶら下がっている。

開放感がある大きな窓からは、絵はがきみたいに完璧な角度のレインボーブリッジ。

店の入り口に、サンドイッチなんかの軽い食事やデザートの並んだショーケースがある。

その中から選んで、後でまとめて会計をするという方式。

木でできたテーブル、可愛い感じの艶消しアルミのイス。

メニューは簡単なモノがほとんどで、値段はすごく安い。

なんとなく、四年間通った美大の学食を（この店の方がお洒落だけど）思い出してしまう、そんな微笑《ほほえ》ましい雰囲気のお店だ。

待ち合わせより早く着いてしまった僕は、バニラ・マッキャートを注文し、レジでお金を払って広い店内を見回す。

……こんなに早くから来ているわけないよね……。

僕と二人でいる朝には、雅樹はベッドからなかなか出てこない。

起こしに行っても、寝ぼけて僕をベッドに引きずり込んだりする。

「見かけによらず、けっこう朝に弱い人だもんね。今朝も寝坊してるな、きっと」

天王洲《てんのうず》にある雅樹の部屋から、お台場のここまでは、車だったら二十分もあれば着くだろう。

「きっと彼も疲れてるだろうし、もう少し寝かせてあげてから電話して……あれ……？」

ウッドデッキに面した窓際の席。海の方を眺めている、見覚えのあるハンサム。

シンプルな白の綿のシャツ、カルバン・クラインのストーンウオッシュのジーンズが、長い脚のモデルさんみたいな見事なスタイルを強調して……ものすごく格好いい。

彫りの深い端整な横顔、クールな表情。だけど長めのまつげがなんだかセクシー。

海をバックに、洒落たエスプレッソ・カップを持った姿は……まるでグラビアみたい……。

ウッドデッキを歩く女の子たちが、遠くで彼を見ながらきゃあきゃあ言ってる。

「……ま……雅樹……」

壁の時計を見ると、待ち合わせ時間までまだ三十分もある。

……会社のある日でも寝ぼけてるのに、今日に限って、いやに早起き……！

僕は店を横切って彼の横に立ち、

「おはようございます」

雅樹は、ゆっくりとこっちを向き、なんだか眩《まぶ》しそうに微笑んで、

「おはよう。早かったね」

「あなたこそ。いつも、休日の朝には、全然ベッドから出てこないくせに」

彼は、楽しげに笑う。まわりに聞こえないように声をひそめて、

「……それは、君をもう一度ベッドに引き込むために、待ち伏せしているだけなんだよ」

囁かれるだけで……僕は、こんな朝早くから、真っ赤になっちゃうんだよね……。


「昼間の東京湾って……けっこうたくさんの船が行き交っているんですね」

買い物がすっかり済み、僕らはショッピング・アーケードを出た。

そして、ホテル日航《にっこう》東京の前のデッキのベンチに座り、並んで海を眺めている。

レストランクルーザーとか、水上バスにしか乗ったことがなかったけど、よく見ていると貨物船もたくさん行き交っている。

ここに彼と一緒に座ってのんびりしていると……なんだか本当に幸せな気分。

雅樹と僕が買ったのは、野川さんのリクエスト表にあったシルバーのワインクーラー。

あるブランドが出している品で値段も安くはなかったけど、そのくらい出しても全然オッ

ケーってほど格好いい。

それと、トランクにつけるネームタグ。

野川さんのリクエストリストの端の方に「シンプルで格好いいのがあったら！　ないかも・泣」って書いてあったアイテムだ。

名前や住所を書いた紙を挟み込むタグの部分は、シンプルなシルバー製。トランクにつけるベルトの部分は上等の黒の牛革製。

……こんなに格好いいのを見つけちゃったら、やっぱりプレゼントしなきゃね！

新婚旅行に行く二人のトランクにそれぞれつけられるように、ペアで買った。

野川さんとカレシも絶対喜んでくれるだろう、とこの選択には大満足だったんだけど、実は僕が考えていたよりも予算がだいぶオーバーしてしまった。雅樹はそれに気づいてくれたのか（僕が会計の時に固まってたし）、さりげなく、彼が多めのワリカンにしてくれた。

僕が驚いて、きっちり半分出しますって言ったら、差額分は別の方法でしっかり払ってもらうから覚悟していなさい、って囁かれちゃって。

もしかしてアンナコトやコンナコトで払うの？　って思ったら、僕はもう抵抗できなくて。

「素敵なのが見つかってよかったです！」

僕が言うと、雅樹は優しく笑って、

「君と連名のプレゼント。これで俺たちは公認のカップルかな？」

彼の言葉に、僕の頬が熱くなる。

……ああ、彼といると、どうしてこんなに幸せな気分になるんだろう……?

「このお店、フィレンツェで泊まらせていただいた、あのホテルに少し似ていますね」

僕は、あたりを見回しながら言う。

すごく美味だった夕食の後。ここは竹芝桟橋《たけしばさんばし》のそばにあるイタリアンレストラン。石造りの壁、そして上品なアンティークの家具。

冬や天気の悪い日は閉められるんだろうけど、今は店内と中庭を仕切るガラス戸が開かれて、中庭にテーブルが出されている。

僕と雅樹は、中庭のテーブルにいた。

ホテルや埠頭《ふとう》のあるあたりは夜遅くまでにぎやかだけど、少し離れたこのあたりはとても静か。

テラコッタタイルの貼られた中庭の真ん中には水盤があって……この間二人で行った(結婚式にお呼ばれしたんだ)フィレンツェのホテルを思い出す。

古くて、すごく格式の高いホテル。そこにほとんど貸し切り状態で泊まれたのも驚きだったけど、雅樹がその中でも一番広いスウィートを取ってくれて。

そんな立派なホテルで、エッチなコトなんて絶対ダメ、って思ったんだけど……。

でも、雅樹に抱きしめられて甘い言葉なんか囁かれたら、僕に抵抗なんかできるわけなくて……。

さすがに、結婚式の前夜にはゆっくり寝かせてもらったけど……結婚式と結婚披露パーティーが終わった後、招待客が帰って静かになったホテルの部屋で、そのまま、朝まで……。

思い出すだけで、真っ赤になっちゃう。

「ええと、このレストランも、すごくお洒落ですね」

僕は照れているのを隠そうとして、慌てて言う。

真っ白なテーブルクロス、ろうそくの光に煌めくシルバーのカトラリー、クリスタルのグラス。

雅樹と一緒じゃなきゃものすごく緊張しそうな（いや、彼と一緒じゃなきゃ気後れしちゃってとても入れないような）、とても高級で美しいお店。

だけど、雅樹と向かい合っていると、どんなに高級なお店にいても、僕は緊張なんかしない。

だって、僕には、目の前に座っている、愛しい彼のことしか見えなくて。

彼は、そのハンサムな顔に、いたずらっぽい笑みを浮かべて、

「……フィレンツェのあのホテル？　君と俺が明け方まで……した、あそこのこと？」

わざとセクシーにひそめた声で言う。僕はさらに赤くなって、

「……うっ、雅樹ったら！　おとぎ話に出てくる王子様みたいに上品な容姿なのに、あなたはどうしてそんなに下品なことばかり言うんでしょう？」

「王子様だろうが、平民だろうが、ジュエリーデザイナーだろうが、恋に堕ちた男が考えることはただ一つだよ、篠原くん」

洒落た仕草で肩をすくめてから、僕をまっすぐに見つめ、

「それを言うなら、君はおとぎ話に出てくるお姫様のように美しく、上品で、それなのに……」

彼はその視線に甘い笑いを滲ませて、

「……どうしてベッドの中では、あんなに……」

「うわっ！」

僕は思わず声を上げて、あたりを見回す。

時間が遅めだし、夜とはいえ真夏だ。ほとんどのお客さんは店内の奥の方のテーブルにいて、中庭に出ているのは、僕らと、遠くのテーブルにいるカップルだけ。そのカップルは額を寄せ合うようにして囁き合っていて……僕らのことなんか少しも目に入っていない。

運良くウェイターさんも近くにはいなかったし……。

僕はホッと安堵《あんど》のため息をつく。彼は、クスリ、と小さく笑う。僕は、

「もう。雅樹ってば！　僕がアセるのを見て面白がってませんか？」

彼が注文した、二人のお気に入りの銘柄のシャンパンが届く。

シルバーのワインクーラー、たっぷりの氷の中から、ウェイターがシャンパンを取り出し、白い布で水滴を軽くふき取ってから、雅樹にラベルを見せる。

雅樹がうなずくと、ポン、と軽い音をさせてコルクを抜く。

僕と彼の前のクリスタルのグラスに、泡立つ金色の液体が満たされる。ボトルをワインクーラーの氷の中に差したウェイターが行ってしまうと、雅樹はグラスを持ち上げて、

「乾杯は、何に？」

僕もグラスを持ち上げて、

「野川さんの結婚と、僕らのデザイナー室に」

雅樹は楽しそうに笑い、グラスを、僕のグラスにそっと合わせる。それから、思い出したように、

「仕事と言えば。君がこの間提出してくれたデザイン。イタリア本社の職人頭《がしら》が担当する」

「えっ？　本当ですか？」

ものすごく嬉しい。やっぱりイタリア本社の職人頭の作った作品は、どこか違うんだ。群を抜いているって言うのかな？　一目見ただけで彼の作品だって解るんだ。だけど……、

「いいのでしょうか？　僕のデザインしたものなんか、作っていただいて……」

彼が手がけてくれるのは、彼のお眼鏡《めがね》にかなった、そうとう素晴らしいデザインだけ。

彼は職人肌っていうのか、いい加減なデザインを渡すと怒鳴られたりするって聞いた。

「もちろんいいに決まっている。君のあのデザインは、本当に素晴らしかった」

まっすぐに見つめられ、真摯な声で言われたら、僕は本気にしてしまいそう。

「雅樹ったら。……でも、嬉しいです。僕、あの人の手の加わった作品が、すごく好きなので」

言うと、彼は満足そうにうなずく。それから、なんとなく少し暗い顔になって、

「そういえば、俺はやっかいな依頼のデザインに入る。出張も増えるだろう。しばらくは休日のデートはムリかもしれない」

「えっ？」

心臓が、トクンと跳ね上がる。

不思議なほど寂しい気持ちが湧いてきて、僕は驚いてしまう。

……どうしたんだよ、晶也？　デザイナーが仕事をするのは当然のことじゃないか……！

……しかも彼は、僕なんかとはレベルの違う、世界的なジュエリーデザイナーで……。

僕は、むりやり笑って、

「そうですか。それじゃ、今夜は楽しく過ごさなきゃ！　もう一度、乾杯しませんか？」

グラスを上げて、

「あなたの新しい依頼が、うまくいきますように！」

言うと、雅樹はなぜか複雑な顔で笑う。それから僕のグラスに自分のグラスを合わせて、

「そして、朝まで楽しく過ごす、今夜のために」

「……えっ？」

僕の頬が赤くなってしまう。

……あ、朝までって……？

「少し赤くなった。もしかして、ヘンなことを想像した？」

「もう。あなたは本当にイジワルです。僕が照れるのを見て面白がってる！」

「頬を赤くした君は、本当に可愛いんだ」

「えっ？」

微笑みながら言われたら、ますます赤くなっちゃう。

「デザイナー室にいる時の君は、凛と背筋を伸ばして真剣な顔をしている。才能溢《あふ》れるデザイナー、アキヤ・シノハラの顔だ。だが、ふとした瞬間に僕と目が合うと、ふいに頬を染めて……」

彼の手が伸びて、テーブルクロスの上に置かれた僕の指にそっと触れてくる。

「その時だけは、君はジュエリーデザイナーのアキヤ・シノハラから、俺だけの晶也になる」

彼の長い指が、僕の指の上をそっと滑っている。

「……あ……」

その滑らかな感触に、心臓が、トクンと跳ね上がる。

彼の皮膚《ひふ》は夏でもさらりと乾いていて、少しひんやりとして、そして触れられるとすごく心地いい。

だけど、僕が感じたのは心地よさだけじゃなくて……、
彼の指が、僕の指先から指の付け根までを、ゆっくりとたどる。

指先で、指と指の間の敏感な柔らかい皮膚をそっと愛撫《あいぶ》する。

「……ん……」

その少しくすぐったいような感触が、なんだか……、

「……ま、雅樹……」

呟いた声が、なぜだか少しかすれてしまう。

その指の動きは、まるで、彼がベッドの中で僕の身体にするような……、
思ったら、ますます鼓動が速くなってしまう。

「どうしたの？　シャンパンに酔った？」

彼は小さく笑い、その大きな手で、僕の手をそっとすくい上げる。

彼の、男らしくてとても美しい手。

それに包まれた僕の手は、細くて白くて、まるで女の子の手みたいに見える。

彼は、まるで高価な宝飾品を鑑定するように、僕の手をそっと持ち上げ、

「……美しい手だ。そして、いつもは美しい作品を作り出すこの指が……」

彼は、僕の手を引き寄せ、素早く指先にキスをして、

「……ベッドの中では、俺だけのものになる」

「……あっ！」

彼の見かけよりも柔らかな、その唇の感触。僕の身体に強い電流が走った。

「今すぐ、君を押し倒せたらいい」

あまりに甘い声に、僕は目眩がしそう。

彼は、照れたような、でもなんだか少し苦しそうな笑みを浮かべて、

「……半分本気だよ。食事が済んだら、君は俺の部屋に来るんだ。今夜は逃がさない」

その言葉に、僕は真っ赤になる。

「でも、たくさん歩いたから、ベッドに入ったらすぐ寝ちゃいそうですし……」

しどろもどろになって言う僕を、雅樹はまっすぐに見つめて、

「……いや」

イジワルで、でもすごくセクシーな笑みを浮かべ、

「……今夜は、眠れないと思うよ」

MASAKI　3

「……あ……っ！」

晶也の美しい唇が、せっぱつまった喘ぎを漏《も》らした。

喘ぎを吸い取るようにして、唇を合わせる。

「……あ、ん……」

とろけてしまいそうに柔らかな唇。その感触が、俺の身体を熱くする。

「……ん……んん……」

ついばむようなキスを繰り返すだけで、彼の身体からふわりと力が抜ける。

誘うように少し開いた歯の隙間から、舌を滑り込ませる。

彼の小さな舌を舌ですくい上げ、愛撫するように舐《な》め、吸い上げると、彼はまるで達してしまったかのように切なげな声を上げる。

「……んんっ……！」

「……愛してるよ、晶也……」

「……僕も……愛しています……」

俺を見上げてくる、うっとりするほど美しい、その琥珀《こはく》色の瞳。

隠せない欲情が、彼の頬をバラ色に染め、その目を潤《うる》ませている。

彼のその全てが、俺の欲望に火をつける。

「……昨夜おあずけにされた分のごちそうを、今夜、食べてもいい……？」

囁いて、滑らかな首筋にキスをする。

「……ああ、ん……！」

キスだけで、また甘く身体を震わせる、彼の初々《ういうい》しさが愛おしい。

「……さっき買ったプレゼント、あの差額分もきっちり払ってもらうよ」

彼の綿シャツのボタンを、一つずつ外していく。晶也は頬を赤らめながら苦笑して、

「……ちょっとフクザツ……数千円で……朝まで？」

「君も感じさせてあげるから、おあいこだよ。……数千円は、差額分かな？」

彼は可愛く笑い、しかしすぐにそんな余裕を忘れて俺の肩にすがりつく。

晶也の綺麗な身体も、その透き通った内面も……俺には眩しすぎるほど美しい。

……ああ、今夜もまた、我を忘れてしまいそうだ……。

「本社の方から、翡翠を買い取るためのコンペティションに参加していいという許可が出た」

週明け。デザイナー室のミーティングルームで、アントニオが言う。

「『李家の翡翠』が手に入れば、ガヴァエッツリ・ジョイエッロ自体の格が上がる、というのが社長の意見だ。もしコンペティションに勝ったら、あの翡翠を買い取るだけの資金を会社が出す」

アントニオは言い、それから苛立たしげなため息をついて、

「そのかわり、コンペティションに負けた時には、責任がどうのこうのとマジオが言い出しているらしい。そのうえ、翡翠を買う場合に、李家の足元を見て値段を値切れと言っている」

「彼の弟であるあなたに、こんなことを言うのは失礼かもしれませんが……マジオ・ガヴァエッツリは最低の男です。あ、いや……」

俺はアントニオの顔を見て、

「……彼の弟も、似たような性格だったような気もしますが？」

「カンベンしてくれ。あいつと血がつながっていると思っただけで、うんざりする」

アントニオは思い切りイヤな顔をしてみせてから、ふと真面目な顔になって、

「コンペティションに勝ってあの翡翠を買い取ることになったら、私が値段交渉をする。李一族のためにできるだけのことをしたい。伝説の『李家の翡翠』をガヴァエッリ・ジョイエッロが値切って買った、などということになったら、ガヴァエッリ家末代までの恥だ」

「それならよかった。安心しました」

俺が言うと、アントニオはうなずいて、

「ということで、『李家の翡翠』の件は正式決定だ。デザイナー室のメンバーにも発表することにしよう。ついでに、翡翠、そして香港に関するアンケートでも取ってみたらどうだ？」

「香港に関するイメージ？」

悠太郎が叫ぶ。

「香港って言ったら、やっぱカンフーじゃない？　こーんな感じ。とうっ！」

どこで憶《おぼ》えたのか、型が意外にさまになっている。

柳が笑いながら、

「悠太郎さん、この間貸した格闘ゲーム、やりながら真似《まね》してるでしょ？　バレバレっすよ！」

「うるさいなあ！　あきやが悪い男にさらわれそうになったら、カンフーで戦って助けるんだから！」

「それはいいけど、販売促進とはぜーんぜん関係ないってば、悠太郎！」

デザイナー室の紅二点のうちの一人、長谷が言う。

「やっぱ香港って言ったら、ブランドショッピングじゃないですか？」

「そうそう、ペニンシェラには、ヴァン・クリも、カルティエも、ブルガリもあるし〜！」

紅二点のうちのもう一人、野川の言葉に、晶也が何かに気づいたようにふと顔を上げ、

「そういえば。ペニンシェラホテルのアーケードに、ガヴァエッツリが店舗を出すという噂がありましたけど……あれってデマだったんでしょうか？」

俺と二人きりでいる時のとろけそうな彼とは別人のような、引き締まった表情で言う。

アントニオが、やっと本題に入れる、という顔で、

「今のところ、その予定はない。ところで……」

デザイナー室のメンバーを見渡して、

「『李家の翡翠』というのを聞いたことがあるかな？」

デザイナー室のメンバーは当然という顔でうなずく。悠太郎が、

「もちろん知ってるよ。宝石図鑑の翡翠の欄にたいてい載《の》ってるもん！」

長谷が、身を乗り出して、

「『李家の翡翠』って言ったら、呪《のろ》いがかけられてるって言われる『ホープ・ダイヤ』と、

ちょうど逆の伝説がありますよね？　あれを持っていると永遠の幸福が手に入るとか！」

「きゃあ〜！　すてき〜っ！　あたしも幸せになりた〜い！　翡翠、欲し〜い！」

野川が叫ぶ。広瀬が、

「なに言ってるんですか、野川さん！　もうすぐ結婚式のくせに！　翡翠なんかなくたってじゅうぶん幸せじゃないですか！」

「それもそうだわ。だって彼、めちゃくちゃ優しいしぃ〜」

「うわ、おれたち、公然とノロケられてるんっすかあ？」

柳が叫び、メンバーが笑う。悠太郎が、

「幸せいっぱいの人はノロケさせておいて〜。要するに、そういう伝説ができるほどの翡翠ってことだよね。で？　その翡翠がどうしたの？　どっちにしろあの『李家の翡翠』は中国の大富豪の家宝で、門外不出ってやつだよね？」

「その『李家の翡翠』が売りに出されることになった。ぜひ、ガヴァエッツリで手に入れたいと思う」

アントニオの言葉に、デザイナー室のメンバーが一瞬固まる。

「……うっそ……」

悠太郎が小さく呟く。サブチーフの瀬尾《せお》と三上《みかみ》が、

「すごい……世界宝飾図鑑に載ってるような宝石ですよ？」

「夢みたいだな。いつか見られるとしたら、博物館でだと思ってたのに」

野川と長谷が、

「それが展示されるのって、ローマの本店ですか？　ああ〜ん、ハネムーンでイタリアに行くけど、それには間に合わないですよね〜」

「野川ちゃん、ハネムーンには間に合わなくても、お金貯めてぜったい見に行こうよっ！　だって自分の働いてる会社に、伝説の宝石が来るんだもんっ！」

「話を最後まで聞いてくれ。まだうちの会社に来ると決まったわけではない」

アントニオが手を上げて、メンバーのおしゃべりを制して、

「確かに李一族は翡翠を売ってもいいと言った。だが、ガヴァエッツリに、とは言っていない」

「どういうこと？　どっかほかの会社に売ろうとしてるのを強奪するの？　それならオレも戦うぜ！」

またカンフーの真似をしながら悠太郎が言うのに、アントニオは深くため息をつく。

「なんだそれは？　ガヴァエッツリは宝飾店であって、強盗団ではないんだぞ、まったく」

アントニオと悠太郎のジャレ合いにつきあっていたら話が進まない。俺はため息をついて、

「李一族は、『翡翠のために一番優れたデザインを描いてきた会社になら翡翠を売ってもいい』と言ってきた」

「デザインを持ち寄って審査をする……コンペティション形式ということですか？」

察しのいい晶也が言ってくれる。俺はうなずいて、

「そうだ。そのコンペティションに参加するために指名された会社は三社」

デザイナー室のメンバーの顔からは、さっきまでのふざけた表情が消える。プロのデザイナーの顔になって、俺に注目する。

「『ヴォー・ル・ヴィコント』『R&Y』そして『ガヴァエッリ・ジョイエッロ』だ」

「……両方とも、すごいライバルじゃないですか……」

サブチーフの瀬尾が、呆然とした声で呟く。アントニオがうなずいて、

「そして、李一族からそれぞれデザイナーも指名されている。ガヴァエッリ・ジョイエッロからは、マサキ・クロカワだ」

「すっごーいっ！」

デザイナー室のメンバーは歓声を上げ、口々に、がんばってください、と言う。

俺は、それにうなずいてみせながらも、気持ちは沈んでいた。

この依頼は、一方的な賭《か》けに、強制的に参加させられるようなもの。とても不愉快だ。

「……黒川チーフ、すごいです。それって、あの李一族から、世界的なデザイナーだって認められたってことですよね……」

晶也の、その瞳の中にある賞賛の色に、俺はほんの少しだけ誇らしい気持ちになれる。

……しかし……。

マジオは、この機会に日本支社ジュエリーデザイナー室の撤廃を狙っている。この勝負に負けたら、全員が解雇されるかもしれない。

だが、そんな話を、デザイナー室のメンバーになどできるわけがない。

自分たちの立場があまりにも危ういことを知って、彼らは動揺してしまうだろう。

俺には、何も言わず、必ず勝つという道しか残されていない。

勝てば、会社が利益を得る。負ければ……俺たちは全てを失うことになる。

俺は、深いため息をつく。

……なんて不毛な賭けなんだ……。

「……話は以上だ。それからマサキは明日から明後日まで香港出張だ。提出物のあるメンバーは早めに出すこと。どうしても私にチェックしてもらいたければ別だが？」

アントニオが言いながら、悠太郎に片目をつぶってみせる。悠太郎は怯えたように、

「うわっ、ガヴァエッリ・チーフ、めちゃくちゃ厳しいからやだっ！　今日中に提出しなきゃ！」

と叫ぶ。デザイナー室のメンバーは、興奮した様子で話しながら席に戻っていく。

晶也がさりげなく最後に俺のところに来て、応援してます、と笑ってくれる。

……俺は、晶也や、彼らを、必ず守らなくてはならない……。

チェクラプコク空港は、ランタオ島北部の海上にできた巨大な空港だ。特徴のある波形の屋根、ガラスを多用したターミナルは、有名な建築家、ノーマン・フォスターの手によるもの。

以前のカイタック空港の薄暗さの印象が強い俺には、まるで別の場所に到着してしまったかのように思える。

元のカイタック空港の時は、着陸直前の飛行機は、ビル群のすれすれを飛び、アパートに住む人々の食事風景までが覗けたような気がしたものだ。

白タクでないタクシーをつかまえるのに四苦八苦した以前に比べて、今の国際空港から香港の繁華街まではエアポート・エクスプレスと呼ばれる高速の鉄道が通っている。繁華街まで二十分程度なのでとても便利になったと言えるだろう。

入国審査と税関を抜け、目についた両替所に寄る。街中に行けば銀行やホテルで、もっといいレートで交換することができるので、すぐ必要な分だけを香港ドルに替える。

エアポートと向き合うようにして立っているトランスポーテーション・センターから、エアポート・エクスプレスに乗り込む。

近代的な車両には、薄紫色のシート。ニュースの流れるモニター画面が壁に設置されている。

九龍《カオルン》駅で、俺はエアポート・エクスプレスから降りた。

ガヴァエッツリの香港支店に顔を出すと連絡はしてあった。香港支店は香港島側にあるので、このまま香港駅まで乗っていく方が早い。

だが、飛行機から降りてすぐ、店舗に向かう気がしなかった。

俺は、ここが香港であることを確かめるように、スターフェリーの乗り場に向かった。

そして、スターフェリーの一階、二等甲板《かんぱん》に立ち、泡立つビクトリア湾を眺めている。

黒く変色した木製のベンチ、機械油の匂い、やかましいエンジン音、舳先《へさき》が水を分ける波。

スターフェリーに乗ると、いつも香港という場所に来たことを実感できる。

亜熱帯に属する香港の、八月。気が狂いそうなほどの、湿気と暑さ。

冷房のない二等甲板に観光客やビジネスマンの姿はない。ほとんどが肉体労働者らしき男たち。

暑さに慣れているはずの彼らも、不機嫌な表情でベンチにぐったりと座り込んでいる。

湾仔《ワンチャイ》の裏道。昔は人通りの多かったこの道は、今はさびれ、すっかり閑散としている。

そして、ガヴァエッツリの重厚な店内にも……客の姿は一人もなかった。

俺は沈んだ気持ちになりながら、エントランスへの階段を上る。

慇懃《いんぎん》なドアマンがドアを開けてくれ、俺は店内に足を踏み込む。

『ミスター・クロカワ！』

そのとたん、嬉しそうに顔を輝かせて言ったのは、この店の店長、ダニエル・チェン氏だ。

『お久しぶりでございます。お会いするのは十ヶ月ぶりですね。お元気でしたか？』

歳《とし》は六十を少し過ぎたところ。イギリス仕込みの完璧なクイーンズ・イングリッシュ。まるで一流ホテルのコンシェルジェでもしていそうな、白髪の上品な紳士で、出張のたびにあたたかく迎えてくれる。

『お久しぶりです、ミスター・チェン。ご家族はみなさんお元気ですか？』

言うと、彼は嬉しそうに顔をほころばせて、

『おかげさまで、みな元気です。孫のクリスティーンのアメリカ留学が決まりました。きちんと勉強して、いつかはガヴァエッリ・ジョイエッロに就職したい、といつも言っていますよ』

孫娘の話をする時の、彼のゆるみきった表情が微笑ましい。

彼はガヴァエッリで働くことを誇りに思っている、と以前から俺に話してくれていた。

チェン氏がさりげなく合図をしたのか、販売員のメンバーが集まってくる。

販売員は、店長のチェン氏も合わせて四人。以前から顔見知りの副店長の女性、後の二人は新しく入ったメンバーなのか、初めて見る顔だ。

『日本支社から視察にいらしたミスター・クロカワ。ワンさんはもちろん覚えているね』

『もちろんですわ。ミスター・クロカワみたいに素敵な方、一度会ったら二度と忘れられません』

副店長の女性が、冗談めかして言い、俺に向かって流し目を送ってくる。

『ジミーとミリアムは、ミスター・クロカワにお会いするのは初めてだね？』

二人はうなずいて、照れたような顔で次々に自己紹介をする。俺は二人に向かって、

『日本支社デザイナー室のマサキ・クロカワです。よろしく』

言うと、二人は目を合わせて笑い合っている。ジミーと呼ばれた青年が、

『あの……このお店にある一番高額のシリーズをデザインなさったのは、クロカワさん、あなたですよね？』

『え？　ああ、あのサファイヤの商品ですね。そうです』

デザイナー名など商品タグに書いてあるわけもないので、これはきっとチェン氏が教えたのだろう。

ジミーとミリアムは、やっぱりそうだって！　と顔を見合わせて言う。それから口々に、

『私たち、あなたの作品がとても好きです！』

『そう！　見ているとドキドキするんです！』

香港のような都会に住んでいるにも拘わらず、彼らの目は、澄んでいて、とても純朴《じゅんぼく》だ

った。

チェン氏は、販売員の彼らのことも、まるで本当の孫のように可愛がっているに違いない。

若者二人をにこやかに見守っているチェン氏の姿が目に入り、俺の心がキリリと痛んだ。

もし、改装後もこの店の売り上げが伸びなかったら、彼らも責任をとらされて、マジオによって解雇されるに違いない。

こんな会社思いの、働き者の社員たちがいる店を、みすみす潰《つぶ》そうとするなんて……！

俺の心に、マジオ・ガヴァエッツリに対する怒りがフツフツと湧き上がる。


なかば強制的にこの依頼を受けさせられてから、俺はずっと、常にナーヴァスだった。

アラン・ラウに会わなければならないことも、この精神状態に確実に影響を及ぼしている。

この男とはいつか決着をつけることになるだろう。ずっとそう思っていた。

『初めまして、ミスター・クロカワ』

ビクトリアピークの頂上に近い場所に立てられた、李家の屋敷。

湾仔《ワンチャイ》のガヴァエッツリ香港支店を辞した後、俺はまっすぐにここに来た。

李家からの手紙には、『李家の翡翠』のデザインを引き受ける場合は、今日のこの時間に屋敷に集合してくれ、と書いてあったのだ。そして。

李家の屋敷の豪奢なリビングルームで、俺とアラン・ラウは初めて顔を合わせることになった。

初めて対面したアラン・ラウという男は、想像していたよりもはるかに美しかった。

年齢は、多分、俺と変わらないくらい……二十七、八歳だろう。

まるでモデルのようにしなやかな身体をした美形だが、大会社の社長を務めているだけあって、不思議な迫力がある。

なめし革のような肌。中国の貴族の血を感じさせるような、完璧に整った高貴な顔立ち。

だが、彼は、生粋《きっすい》の中国人ではないらしい。

俺を見つめるその瞳は、恐ろしいほど美しい、グリーンだった。

『あなたのように有名なジュエリーデザイナーとお目にかかれて、光栄です』

人好きのする笑み。だが、その上等の翡翠色の目は、全く笑ってはいない。

『こちらこそ。「R&Y」社の若き社長とお会いできて光栄です』

俺も頬に微笑みを浮かべてみせるが、きっと目は全く笑っていないだろう。

俺とアラン・ラウは、まるで決闘の開始の合図のように、短い握手を交わす。

『そして、彼が今回デザイナーとして指名されたうちのチーフデザイナー、サミュエル・イップ』

アラン・ラウの後ろに控えていた中国人男性が、

『作品はいつも拝見しております。よろしくお願いいたします』

礼儀正しく言って、俺に右手を差し出す。

スーツをきちんと着こなした、白髪交じりの彼は、年齢は五十歳を過ぎているだろう。

彼の名前は、俺もよく知っている。

世界的なジュエリーコンテストで何度も大きな賞を獲《と》っている、有名なデザイナーだからだ。

俺もコンテストの受賞歴は彼に負けないが、作風はシンプルを心がけたものが多く、使う金属はプラチナ、使う宝石はダイヤモンドやルビー、サファイヤなどの代表的な貴石が多い。

今回の翡翠の依頼は……どちらかと言えば俺の作風からはかけ離れたタイプのもの。

彼の作風は、シノワズリを取り入れたデザインの超高額品。今回の翡翠は、まさに得意分野だ。

『お会いできて光栄です。ガヴァエッリ・ジョイエッロのマサキ・クロカワです。よろしくお願いいたします』

俺は言って、イップ氏の右手を握る。俺の目をまっすぐに見つめてきた彼の目の奥に、キラリと強い光が煌めいた。

……いちおう、ライバルとして認めてくれているということか……？

『ところで……』

アラン・ラウは、さりげなさを装った声で言う。

『あなたの会社の……アキヤ・シノハラくんは、元気にしていますか？』

俺の心に、鈍い痛みが生まれた。

たとえ、相手がどんなに財力や権力を持っていても、俺は少しも恐れない。

相手が晶也を傷つける人間だとしたら、俺は何もかも捨てて命がけで戦うだろう。

だが……俺は、このアラン・ラウという男を悪い人間だとはどうしても思えなかった。

彼はただ、晶也の才能に心酔し、晶也の美しさに心を奪われただけ。

彼がもし晶也と結ばれたとしたら、晶也を心から大切にするだろう。

彼と俺は、きっと同等の立場にある。

たまたま奇跡が起きて、晶也が俺を選んでくれただけで。

……戦いたくない。

俺は、できれば話をそらしたい、と思いながら、

『あなたの弟さんと篠原くんのお兄さんは、同じエアラインのパーサー、仕事仲間だそうですね』

『私とアキヤくんの関係は、そういう縁だけではありません』

しかし、アラン・ラウは容赦なく俺に刃《やいば》を突きつける。

『アキヤくんから聞いていませんか？　私はアキヤくんをできれば養子にもらいたい、と申し出たことがあるのです』

アラン・ラウは、俺の反応を見定めるかのようにまっすぐ俺を見つめ、

『私は、彼の才能、そして愛すべき彼自身のことを、まだあきらめてはいないのですよ』

アラン・ラウは、香港の大富豪・劉家の人間だ。劉家は代々宝石を扱う一族として、中国では並ぶ者のないほどの存在だった。

経営の中心であった香港を捨て、『R&Y』の本社がアメリカに移ったことで、業界ではその存続を危惧《きぐ》する声も上がった。しかし。

最高級の素材と、優れたデザインで、『R&Y』はさらに業績を伸ばし、世界でも有名な存在になった。今では世界の老舗《しにせ》高級宝飾店と堂々と肩を並べる存在だ。

彼の弟、ロバート・ラウは宝飾品会社を継《つ》ぐことを厭《いと》い、アメリカーナ航空でパーサーをしている。そして、晶也の兄、篠原慎也《しんや》もアメリカーナ航空のパーサー。

二人は偶然、同期で。そのためにアラン・ラウは晶也と縁があり。

今から四ヶ月ほど前の、四月。晶也のデザイナーとしての才能に惚《ほ》れ込んでいたアラン・ラウは、晶也の兄の慎也氏を通して晶也とコンタクトを取り、晶也と初めて会った。

アラン・ラウは、晶也を自分の宝飾品店『R&Y』のジュエリーデザイナーとして引き抜こうとしていた。それだけでなく、晶也を養子に迎えたい、と申し出たのだ。

ちょうどその頃、俺にしつこくつきまとう勘違い青年が、日本支社にいて。

晶也は、俺と彼が浮気をしていると思い込んでしまった。そのうえ仕事上のトラブルでガ

ヴァエッツリを辞《や》めるか辞めないかの瀬戸際まで、追いつめられていて。

晶也は、このアラン・ラウとともに、ロスアンジェルス行きの飛行機に乗り、『R&Y』社の面接を受けに行こうとした。

俺と、そしてガヴァエッツリを忘れるために。

しかし、晶也は結局日本に残り、俺は、危機一髪で晶也を失わずに済んだ。

晶也はあの時、「あなたをあきらめられない」と言ってくれた。

だから日本に残ったのだ、と。

アラン・ラウは、晶也があの時なぜ飛行機に乗らなかったのか、その理由に感づいているだろう。

晶也が、自分よりも黒川雅樹という男を選んだことを、悟っているかもしれない。

……でなければ、こんな目をして俺を見るわけがない。

晶也の名前を口にする時の彼の瞳の奥には、緑色の炎のようなものが燃え上がる。

……財力と権力を持ち合わせたこの美しい男は、今でも、晶也のことを……。

思うだけで、胃のあたりから血の気が引くような気がする。

純粋で、不純物を全く含まないダイヤモンドのように、美しく煌めいている晶也。

彼は、自分がどんなに美しいか、そしてどんなに魅力的かを全く自覚していない。

無邪気に笑い、美しい声で話し、優しく笑い、知らぬ間に圧倒的な力で人を魅《ひ》きつけてしまう。

そんな彼が……奇跡のように俺を選んでくれた。

ふと、俺の心に不安がよぎる。

……晶也は、このまま、俺を愛し続けてくれるだろうか……？

『……アラン・ラウ！　久しぶり！　オレの顔を憶えてる？』

中国語の響きの強い、不思議な発音の英語が聞こえ、俺は現実に引き戻された。

振り向くと、後ろに立っていたのは……驚くような美青年だった。

きりりとした眉。強い光を放つ、凛々《りり》しいイメージの黒い瞳。

艶のある、少し長めの黒い髪。

陽《ひ》に灼《や》けた頬と端整な顔立ち。なかなかお目にかかれないような美形だ。

運動神経の発達していそうなすらりとした身体を、マオカラーの白いシャツと黒いスラックスに包んでいる。きっちりと張った肩、細い腰、牡鹿《おじか》のようにすらりと伸びたその脚。

……誰かに似ているような……？

俺は思い、それから、デザイナー室でカンフーの真似をして見せた悠太郎を思い出す。

……悠太郎に、似ているのか……。

美青年というところは共通しているが、顔立ちそのものがそっくりなわけではない。

晶也より五センチほど背が高そうだ。ということは、悠太郎とはほぼ同じ身長。

その運動神経の発達していそうなしなやかな体型も、よく似ている。

そして何よりも似ているのが……そのどこか反抗的な黒い瞳。

まるで、誇り高い、育ち盛りの仔《こ》ライオンのような。

『いくら有名なジュエリーデザイナーが世界中から駆けつけてきたとはいえ……あの翡翠をどこかの宝石屋に売り払おうなんて！　うちの一族の人間は、どうかしちゃってるよ！』

彼は、俺とアラン・ラウの顔を見比べながら叫ぶ。

悠太郎が、アントニオに噛みつきながら文句を言う場面を思い出して、俺は思わず口の端に笑みを浮かべてしまう。

青年は、俺の笑みに気づいたように眉を顰《ひそ》め、それから怒りを抑えるような口調で、

『ミスター・クロカワ。オレ、何かおかしなことを言いました？』

むりやり大人ぶったようなその口調も、怒った時の悠太郎のそれによく似ている。

『いいえ、別に。ただ……』

俺は彼に笑いかけ、

『……初対面の人間には挨拶《あいさつ》くらいした方がいい。学校で習いませんでしたか？』

言うと、彼の端整な顔にみるみる血の気が上る。彼は怒ったように眉を顰め、

『オレは李子俊《チーチュン》。呼び名はレオン。……今の当主の次男だ』

まるで自分が中国皇帝の子供でもあるかのような、誇り高い口調。

『俺はマサキ・クロカワ。宝飾品会社ガヴァエッリ・ジョイエッロのジュエリーデザイナーです』

『知ってる。宝飾品雑誌で写真を見た。作品も知ってる』

レオンと名乗った美青年は言い、それからどこか緊張したような顔で俺を見上げ、

『あなたに見てもらいたいものがあるんだ』

『なんでしょうか？』

レオンはポケットから小さく折り畳《たた》んだ紙を取り出し、

『オレは、こんなコンテストみたいなこと、しなくていいと思ってる。世界中から集まったあなた方には悪いけど』

言いながら、その紙を俺に渡す。不思議に思いながらそれを開く俺に、レオンは少し照れを含んだような声で、

『場合によっては、ガヴァエッリ・ジョイエッロのデザイナーとして、オレをスカウトしてみてもいいよ？』

『それはどういう……』

言いかけ、その紙に描いてあったモノを見て、俺は目を丸くした。

多分、『李家の翡翠』を真ん中に配した……これはネックレスのつもりなのだろう。

それはなにやらデザイン画のようなモノではあったが、なんというか、デザインというように

はあまりにも……。

『どう？　驚いた？　オレ、あの翡翠を自分でデザインしたくて自分で勉強したんだ！』

俺は、その、ほとんど子供の落描きに近いデザイン画らしきモノを畳み直しながら、

『その意気込み、宝石に対する情熱は、デザイナーの基本です。あなたにはその点、見込みがあると言えるでしょう。ただ……』

『ただ？』

キラキラと光る目で見上げられ、俺は心が痛むのを感じながら、その紙を彼に差し出し、

『独学ではなく、きちんと学校に入り、一から基礎を学ばれることをおすすめします』

『なにそれっ？　オレの絵がヘタクソで、オレのデザインなんか使いモノにならないって言ってるの？』

悔しそうに俺を睨《にら》み上げてくる彼を、俺はまっすぐ見返して、

『派手なデザイン画を描く前に、学ばねばならないことがあります。面倒だからとそれを避けて通らないほうがいい』

レオンは、俺の手の中からひったくるようにして紙を取り戻す。それから目を伏せ、

『……どうせオレには、何の才能もないんだ』

その口調に含まれた悲しげな響き。俺は、なるべく穏やかな口調を心がけながら、

『才能の有無は問題ではありません。面倒な努力をするかしないか、の問題です』

『もういいよ！』

レオンは苛立った声で叫び、それからアラン・ラウに視線を移して、

『どうせ噂してたんでしょう？　李家には出来の悪い次男がいるって』

『そういうのを子供の被害妄想《ひがいもうそう》というんだ。私たちはビジネスのためにここに来ただけだ。君の悪口を言いに来たわけではない。しかし……』

アラン・ラウは、真面目な顔で、

『レオン。君の最近の噂はロスにも届いている。私は心配していたんだ』

言うと、レオンの眉間にみるみる不機嫌なしわが寄る。彼は自嘲《じちょう》的に笑うと、

『どういう噂？　李家の御曹司が不良化して、男遊びにハマってるって？』

『……男遊び……？』

『そうだよ、悪い？　オレ、年上の男……中年オヤジとかにモテるんだ！　だから次から次へともてあそんで捨ててやってるんだ！』

『レオン』

アラン・ラウが秀麗《しゅうれい》な眉を顰め、厳しい声で、

『いつからそんなふうになってしまったんだ？　昔は私の後ばかりついて歩いて、あんなに可愛かったのに。私は君のことを一番下の弟のように思っていたのに』

『どうせ、今は可愛くないよ！　……それに！』

レオンは、強い光を放つ瞳でアラン・ラウを睨みつけると、

『アランに、弟のように、なんて言われる筋合いはない！　香港を捨てたくせに！』

『そうじゃない。……レオン、ちょっと待て！』

アラン・ラウの制止も聞かず、レオンは踵《きびす》を返し、広い廊下を駆け去っていく。

『まるで小さな竜でしょう。優雅で美しい。しかし、口から吐いた炎で人を焼く』

アラン・ラウが、ため息をつきながら言う。俺は、

『彼はあなたの……昔からの親しい知り合いなのですか？』

『私の家……劉一族と、彼の李一族は、同じくらい古い家柄です。子供の頃からパーティーなどに行けば会えましたしね。それに香港は……あきれるほど狭いんですよ』

アラン・ラウは、昔を思い出すような遠い目をして、

『十年前、私や親戚《しんせき》は香港を捨てました。顧客である富豪たちが香港を離れたし、うちの一族が経営する「R&Y」の事業の拠点がアメリカに移ったからです。でも……』

アラン・ラウは深い深いため息をついて、

『私と、弟のロバートは、幼いレオンをとても可愛く思っていた。まるで一番下の弟のように。忙しくなるにつれ疎遠《そえん》になりましたが、ロバートとも、レオンのことをよく話していました。あんな寂しげな顔をする子に育っているなんて。もっときちんと連絡を取ってやればよかった』

アラン・ラウは、どこかが痛むようなつらそうな顔をして、

『私は、昔からお世話になっていた李一族を助けるために、彼らが海外に移住するための資金援助の用意をしていました。しかし、誇り高い李一族はそれを頑として受け入れません』

『あの翡翠を売りに出すのは、李家としてはとても不名誉なことなのでしょうね』

アラン・ラウは、俺の顔を見ながらゆっくりとうなずいて、

『李家は家宝を売りに出すほど落ちぶれた、という噂が、世界中を駆けめぐっています』

アラン・ラウは、俺が何を考えているのかを見透かしたように苦笑して、

『あの小さな竜の機嫌がいちじるしく悪いのには、そういうわけもあるんでしょう。逃げるようにして香港を出るのは不本意だ、と。ただ……』

アラン・ラウは、心配そうにその美しい眉を寄せて、独《ひと》り言のような微かな声で、

『……やけになって、悪い遊びなどされては困る。あんなに純粋な子が……』

『……お話し中のところ失礼いたします。『李家の翡翠』をご覧にいれますので、こちらへ』

男の声に、俺とアラン・ラウは振り向いた。

翡翠は、中国人の血を引くアラン・ラウにとっては幸福を呼ぶ宝石だろう。

だが、日本人の俺に、同じように作用してくれるとは限らない。

……ああ、この憂鬱な気持ちは、いったいなんなのだろう……？

AKIYA 4

「……次よっ！　この次にあの翡翠が出るわよっ……！」

テレビ画面を見ながら、長谷さんが叫ぶ。

僕たちは、デザイナー室のミーティングルームのテレビで、MHK特集『地球の神秘・第二話・伝説の宝石たち』のDVDを見ていた。

ガヴァエッリ・チーフ、田端チーフ。サブチーフの瀬尾さん、三上さん。柳くん、広瀬くん、そして長谷さんと野川さんと悠太郎と僕。デザイナー室の雅樹以外の全員がミーティングルームにいた。

資料室にも宝石図鑑はたくさんあるけど、どれも写真が古くて、本当はどんな色の翡翠なのか、果たしてどのくらいのランクの石なのか、ぜんぜん解らなかったんだ。

この番組は、半年前に放映されたんだけど、高額の宝石が大好きな長谷さんが、録画して、そのまま大事に取っておいたものらしい。

「……四時か。そろそろマサキも、香港で『李家の翡翠』に対面している頃かな？」

時計を見上げたガヴァエッツリ・チーフが、独り言のように呟く。

『軟玉《なんぎょく》と言われるネフライトと、硬玉《こうぎょく》と言われるジェーダイトはいずれも『翡翠』という名で呼ばれますが、その価値に大きな差があります。これらの品はたいていネフライトと呼ばれる軟玉です。鉄分の含有量《がんゆう》が多いものは暗緑色、マグネシウムが多いものはクリーム色をしています』

中国製の壺《つぼ》やら竜の置物やらハンコを売るストリートマーケットの映像が出て、MHKのアナウンサーのゆっくりとしたナレーションが続いている。

『それに対して硬玉と呼ばれるジェーダイトは宝石としての価値が高く、特徴は色の種類がとても多いことです。緑色以外にもライラック、ピンク、褐色《かっしょく》、赤、青、黒、オレンジ、黄色などの色を持つものが産出されています。その弾力性の高い強靭《きょうじん》な組織構造を活《い》かして、中国、メキシコなどでは昔から彫刻をほどこされてきました』

画面にはメキシコのアンティークらしき、インカ帝国の仮面みたいな彫刻が映る。褐色と薄い緑がまだらになったような石で、こういう色のものは、石自体の価値はあまり高くないはずだ。

『彫刻をほどこさず、宝飾品として利用されるものもあります。特に、『インペリアル・ジエード』と呼ばれる、半透明で、エメラルドのような美しい緑色をした石は、もっとも希《き》少《しょう》性が高いと言われています。大粒で完璧なランクのものはダイヤモンドをも上回る高値で取引されます』

みんなが、来るか来るか、と身を乗り出すけど、画面には翡翠の組織構造の図が映ってしまう。

「ん〜な、デザイナー研修で習ったような説明はいいから！　早く『李家の翡翠』を見せろ〜！」

悠太郎が叫ぶ。みんなが、まだ出ないかな？　と緊張をほぐした瞬間、

「あっ！」

野川さんがいきなり叫んだ。慌てて画面に視線を戻すと、そこにはものすごく美しいエメラルドグリーンの……、

『これが世界的に有名な、『李家の翡翠』です』

僕は、息をするのも忘れて、そのまま固まった。

『香港に住む大富豪・李一族が所有する宝石で、門外不出の品です。テレビでは、これが初公開の映像です』

……とても、この世のものとは思えない……。

僕は、呆然としたまま、思っていた。

とろとろと熔け出しそうな透明感、そしてあまりにも美しい、その鮮やかなグリーン。

まるで、陽光の煌めく桃源郷《とうげんきょう》の奥、ひっそりとあたたかな水をたたえた深く美しい湖の

よう。

……引き込まれる……。

その湖のほとりに足を踏み入れたら、そのまま魔物に捕《つか》まって水の奥に吸い込まれそうな。

でも、こんな美しい水になら、このまま沈んでしまってもいい、と思ってしまうような。

……この伝説の翡翠のデザイナーとして、雅樹も選ばれたなんて……。

誇らしさが湧いてくると同時に、僕の心の中に、何か冷たい予感がよぎる。

……雅樹が、引き込まれてしまう？

……この、この世のものとは思えないほどの美しい石が、僕から雅樹を奪ってしまう……？

背筋を、氷のように冷たいものが走り、僕は思わず身を震わせた。

それは、あまりに美しいものに対する、本能的な怯えのようなもの。

ガヴァエッツリ・チーフの言ったように、雅樹は今頃、香港の李家のお屋敷で、この翡翠の本物を見ているのだろうか？

僕の脳裏に、雅樹が息をのんでこの翡翠を見入っているところがよぎった。

彼の美しい目には、この翡翠の緑色だけが映り、彼の脳裏から、僕のことなど全て消えてしまって……。

僕は、心の中で、必死に彼の名前を呼んだ。

雅樹が、美しい湖の水に足を踏み入れる映像が脳裏をよぎる。

あたたかい水は、絡みつくように彼の足を引き込み、彼の美しい身体をそのまま包み込んで……。

……雅樹……！

僕は、雅樹の名前を必死に叫ぶ。でも、彼は二度と振り向かないような気がする。

……ああ、どうして、こんなに不安な気持ちになるんだろう……？

MASAKI　4

あの翡翠の残像が、目の奥から消えない。

あれを見た瞬間から、俺の中の何かの歯車が、おかしくなってしまったような気がする。

晶也と一緒の、とても幸せな日々。それに、何か恐ろしい黒い影が迫ってきているような気がする。

……ああ、このいやな予感はなんなのだろう……？

プルルルル！

デスクの上の電話が呼び出し音を奏でる。

俺は、上の空で受話器を取り、

「はい、宝石デザイナー室、黒川です」

電話を取り次いでくれる秘書課の女性の声が、

『黒川チーフですね？　イタリア本社からお電話です』

「どうもありがとう。つないでください」

言いながら、俺は、イタリア本社の制作課からだな、と思っていた。

この間、提出されたばかりの晶也のデザイン。

とても美しく、しかも複雑な作りと微妙なラインのそのデザイン画に、俺だけでなくアントニオまでが感嘆のため息をついた。

日本支社にも、ガヴァエッリでナンバー・ツーの職人を呼び寄せてある。だが、彼も『イタリア本社に送って職人頭に依頼した方がいい』と弱音を吐いた。

プライドの高い彼に弱音を吐かせるほどのセンス。

俺は晶也を誇らしく思いながら、デザイン画を速達の航空便でイタリア本社に送った。

……そろそろ、あれが職人頭のところに着いた頃だ。

俺は、職人頭の気難しい顔を思い出す。

彼は、代々ガヴァエッリで宝飾職人をしていた家系の人間。御歳《おんとし》八十歳。物心ついた時から宝飾品に触れながら育ったという、生粋《きっすい》のマエストロだ。

彼はとてつもなく厳しい審美眼を持ち、不完全な作品を何よりも嫌う。

まだガヴァエッリに入り立ての頃、俺も怒鳴られたことがある。

ハードワークが続いて、デザイン画のミスに気づかずに彼に制作を依頼した時だ。

あの時のことを思い出すと、今でも苦笑したい気分になる。

……しかし……。

晶也のあのデザインなら、彼も文句のつけようがないだろう。

受話器から、電話のつながった、ガシャ、という音が聞こえる。

俺は、イタリア語で、

『こんにちは。黒川です、お世話になっております』

そして、職人頭の気難しい声で、素晴らしいデザインだった、と言われるのを期待する。

……しかし。

『……ミスター・クロカワ』

受話器から聞こえてきた声に、俺は驚いて声を失う。

『マジオ・ガヴァエッツリだ。久しぶり。元気だったかな？』

フレンドリーな口調の裏に隠された冷たい感情。

彼は、マジオ・ガヴァエッツリ、三十五歳。

ガヴァエッツリ本家の長男であり、アントニオの兄。

そしてアントニオと二人、ガヴァエッツリ・ジョイエッロの副社長を務めている。

イタリア人至上主義者のマジオは、イタリア本社にいる頃から、俺を目の敵《かたき》にしていた。

俺も黙ってやられているような性格ではないので、何かにつけてやり返してはいたが。

あの頃はただのうるさい上司でしかなかったマジオ。しかし、スキあらば日本支社デザイナー室を撤廃しようとするようになってから……マジオは、俺たち日本支社デザイナー室のメンバー全員の宿敵になった。

『お久しぶりです。アントニオ・ガヴァエッツリ副社長にご用ですか？　彼は会議で席を外していますが』

『私は、君に用があって電話をしたんだ』

『なんでしょうか？』

言った声は自分でも驚くほど冷たく、硬かった。彼は、オレの反応を楽しむように電話の向こうで微かに笑い、

『聞いたよ。あの李一族から、翡翠のデザイナーとして指名されたらしいね。あの伝説の『李家の翡翠』がガヴァエッツリ・ジョイエッロのものになるなんて、社長もお喜びだ。私も鼻が高い』

『まだ、ガヴァエッツリ・ジョイエッロのものになるとは決まっていません』

『いや、ミスター・クロカワ。君ならどんなデザイナーよりも素晴らしいデザインを描き、必ずあれを手に入れてくれるだろう。……私も、社長も、そう信じている』

マジオの言うことなど気にしない方がいい、プレッシャーを感じるだけだ、と思いながら……何かずっしりと重いものが両肩にのしかかるような気がする。

『そういえば』

マジオは何かを思い出したように、

『君の父上の結婚披露パーティーに、うちの両親を招待してくれてありがとう。彼らはとても喜んでいた』

二ヶ月ほど前、俺の父親が、三度目の結婚をした。

結婚相手のしのぶさんという女性と、アントニオとマジオの両親……ガヴァエッリ・ジョイエッロの社長と社長夫人……が親しかったために、彼らも結婚披露パーティーに招待したのだ。

『あのパーティーには、私の友人も偶然出席していてね、盛大な会だったと報告してくれた。アントニオや君の姿も見かけたそうだ。二人とも美青年を連れていて、あれはきっと二組のゲイのカップルだ、と彼は興奮して話していたよ』

俺の背筋を、冷たいものが走り抜けた。俺は冷静な声を保とうと心がけながら、

『友人と四人で、パーティーに出席しただけです。それがどうしてそうなるのか不思議です』

『君とアントニオが連れていたのは、日本支社のデザイナーたち、会社の部下だったんだろう？　社長が、日本支社の若手デザイナーたちに直談判《じかだんぱん》された、と笑っていたところをみると』

……あれが、晶也と悠太郎だったということが、マジオに知られている……？

俺の心に、暗い不安の雲が広がっていく。

『気をつけてくれよ。王室や貴族を顧客に持つガヴァエッリ・ジョイエッロの社員、しかも社長の御曹司で副社長のアントニオまでがゲイだなんて噂が広まったら、大スキャンダルになる。そんなことになる前に、会社を辞めてもらわなければならなくなるよ』

マジオは言い、それから楽しそうに笑って、

『君やアントニオがゲイだなんてあまりにも突飛すぎる発想だな。だが、ハンサムな男は、どこに行っても目立つ。そして根も葉もない噂を立てられる』

マジオは、何か意味深な口調で、

『気をつけた方がいい、ミスター・クロカワ。……翡翠に関する良い報告を待っている。では』

言って、一方的に電話を切る。

俺の耳から、冷たい笑いを含んだ酷薄《こくはく》な声が、離れなくなる。

このままではイライラして、とても仕事が手につかない。

俺は、少しでも気分を変えようと席を立ち、休憩室に向かった。

エレベーターホールを通りかかった時、ちょうど、エレベーターの扉が開いた。

「ああ～ん！　黒川チーフ～！」

叫んだのは、企画課のチーフ、三浦《みうら》女史だった。後ろに控えていた企画課のサブチーフの岸《きし》女史も俺に気づいて会釈《えしゃく》をする。

三浦チーフは近づいてくると、上目遣《づか》いに俺を見上げ、マスカラのたっぷりついたまつげをパシパシと瞬かせて、甘ったるい声で、

「黒川チーフ。最近、なかなかランチをご一緒できませんわね。寂しいですわ」

「ああ……そういえばそうですね」

俺が、イタリア本社から日本支社に来たばかりの頃には、チーフクラスとヒラ社員の間には感情的な溝が存在していた。

老舗企業ガヴァエッツリの古くさい体制からきていたそれは、チーフクラスの社員たちのエリート意識の表れでもあり……。

アントニオが来、さまざまな事件を経て、日本支社の雰囲気が変わり、俺はめでたく晶也とのランチを楽しめるようになった。だが、その前までは、堅苦しい店で、チーフクラスのつまらない昼食会に毎日のようにつきあわされ……。

「そういえばそう、なんて！　黒川チーフったら本当につれないんだから～！　でもそのクールなところがまたたまらないんですけど～！」

三浦チーフが言って、身をくねらせる。いつも冷静なサブチーフの岸女史が、

「三浦チーフ、お気持ちはわかりますが、社内で黄色い声はおやめください。ほかの方にご迷惑ですから」

「迷惑ってなにっ？　岸さんったらひどいわっ！　あっ、そうそう！　ミーハーしてる場合

じゃないんだわ、黒川チーフ」

三浦チーフはふいに真面目な顔になって声をひそめると、

「今日の『宝石新聞』、ご覧になりました？　ひどいですね！　お気になさらない方がいいわ！」

「なんのことです？　デザイナー室に届いてはいましたが、あいにくまだ読んでいないのですが」

俺が聞くと、三浦チーフは、しまった、という顔で言葉を切る。岸女史が、よけいなことを言って！　という顔で三浦チーフを睨む。

「宝石新聞に、何か書いてあったんですか？」

三浦チーフは観念したようにうなずいて、

「どちらにしろ、お読みになるわね。ええと、あの『李家の翡翠』のことが……」

「あの翡翠の？」

「ええ。あの翡翠の買い手にガヴァエッツリを含む三社が名乗りを上げていること。それに、ガヴァエッツリでデザイン担当に決まったのがマサキ・クロカワであることまで、載ってたんですけど」

俺は耳を疑った。

あの翡翠が売られるという噂は、すでに広まっていたようだ。しかしあれを買うためにどの会社が指名されたか、ましてやデザイナーの名前などは極秘になっているはずで……。

ほかの二社の人間が、取引に不利になりそうなことをマスコミに漏らすとは思えない。

アントニオが、翡翠の件に関して詳しい情報を伝えたのは……日本支社の取締役と企画課、そしてイタリア本社の社長、副社長、制作を依頼することになるかもしれない職人頭だけのはず。

「いったい誰が……」

思わず呟くと、三浦チーフは必死の顔になって、

「企画課が言いふらしたんじゃありませんわ！　信じてくださいね、黒川チーフ！」

「もちろん疑ってなどいませんよ」

言うと、三浦チーフと岸女史は顔を見合わせ、安心したようにため息をつく。

「……あの、あの新聞の記事の内容に関しては、気になさらない方がいいです！」

三浦チーフは言い残して、デザイナー室に入って行く。

俺は、何かが喉《のど》の奥にひっかかったかのような不快感に、眉を顰めた。

電話で聞いた、マジオの意味深な言葉を思い出す。

……まさか、マジオ・ガヴァエッリが、俺を妨害するために……？

AKIYA　5

……雅樹の様子、なんだかヘンだよね……。

デザイン画を描きながら、僕は思っていた。

……すごく大きな仕事を受け持ったんだもん、彼もプレッシャーとか感じてる……？

「黒川チーフ！　デザイン画のチェックしてもらえますか？」

悠太郎がデザイン画の束を差し出すと、雅樹は彼らしくない苛ついた声で、

「森くん、〆切《しめきり》を過ぎている。もう三日もだ」

悠太郎が、驚いたように目を丸くしてから、恐る恐るといった感じで、

「えっ？　……あのお、これの〆切、今日ですけど」

「え？」

雅樹は悠太郎を見上げ、それから手の中のデザイン画を見直して、

「ああ……このシリーズか……確かに〆切は今日だ……」

呆然とした声で呟き、それから深いため息をついて、

「悪かった。俺の思い違いだ」

なんだかつらそうな声で言う。

「別にいいですけど〜。どうせ、あの翡翠のことで頭がいっぱいなんでしょ？」

悠太郎が、仕方ないなあ、って感じの声で言う。

「ガヴァエッリ・チーフなんか、〆切〆切言うくせにどれの〆切がいつだか、たまに忘れてるし。ちゃんと出しても、〆切過ぎたから居酒屋につきあえだの、座敷に行ったら服を脱げだの……」

「服を脱げってなんっすか、それっ？」

柳くんが言い、デザイナー室のメンバーが笑う。野川さんと長谷さんが黄色い悲鳴で、

「二人で居酒屋に消える時には、今夜は何かあるんじゃないかっ？　っていつも噂してるのよね！　いつも行く居酒屋、個室あるし〜！　きゃ〜！　あの座敷で二人はっ！」

「いやあ〜！　ほんとにソンナコトしちゃってるんですか〜！　嬉しすぎる〜！　野川ちゃん、今度二人が消えたら尾行するわよっ！」

「いいわよ、長谷ちゃん！　障子《しょうじ》に穴あけて覗こうねっ！」

「あきや以外の男と、ヘンなことなんかしてたまるかあ〜っ！」

悠太郎が叫ぶ。ガヴァエッリ・チーフが、

「別に私はムリに脱がせようとしたわけではない。居酒屋の個室で二人きりでいると、ユウ

タロがだんだん落ち着かなくなってくる。だから『もしも私としたいのなら、服を脱いで誘ってくれれば喜んで』と言っただけで……」

「きゃああ〜っ！」

「素敵すぎぃぃ〜っ！」

野川さんと長谷さんが黄色い声を上げる。

悠太郎が真っ赤になって拳《こぶし》を握りしめ、

「ちっくしょ〜！　あの人、絶対いっぺん殴ってやる〜っ！」

ガヴァエッツリ・チーフは、やれるものならやってみろ、という顔で笑って、

「ああー、マサキは手が放せないから、デザイン画のチェックはミスター・タバタか、でなければ私のところに持ってきなさい」

悠太郎が、ええ〜っ！　と叫ぶ。僕は田端チームだから田端チーフにチェックをしてもらうけど、悠太郎は黒川チームだから、直にガヴァエッツリ・チーフにチェックを頼まなきゃいけない。

雅樹はガヴァエッツリ・チーフに、すみません、と言って立ち上がり、

「……調べものをしたいので、ミーティングルームにこもっていてもいいでしょうか？」

「苦虫を嚙みつぶしたような顔をしているくらいなら、さっさとミーティングルームにこもれ」

雅樹は何かを考え込むような顔で立ち上がり、デザイナー室を横切ってミーティングルームに入っていく。

「やっぱ、黒川チーフ、ヘンだよねえ」

僕と悠太郎は、休憩室にいた。

「あの人、あきやのことになるとメチャクチャに苦悩して、あげくにどん底まで落ち込んだりするけど……今回のは仕事のことだもんね。あんなん初めてだよなあ……あっ！」

何かを思い出したように、

「そういえば、さっき三浦チーフたちが『宝石新聞』がどうのこうのって、廊下で黒川チーフとしゃべってたよな！　もしかして、あの翡翠の記事とかが早々と載ってるんじゃないか？」

言いながら立ち上がり、休憩室の隅の新聞ホルダーから、『宝石新聞』を取って戻ってくる。

「あ、でもあの翡翠をどの会社が買おうとしてるかとかって、いちおう極秘なんだよな？　だったら全然関係ない話かな？　どっちにしろ黒川チーフの名前は内密になってるだろうし……」

悠太郎はイスに座りながら言って、新聞を広げる。

「……えっ？　うそっ！　あきや！　これ！」

「えっ？」

悠太郎が指さしたところには、宝飾品雑誌から転載したって感じの写りの悪い『李家の翡翠』の写真。あの翡翠が売りに出されることはすでに公然の秘密になっているって聞いたから、それには驚かなかったけど、そこにはそのほかに……、

「黒川チーフ？　アランさん！　それとこれって……『ヴォー・ル・ヴィコント』の社長？」

黒川チーフ、そして『R&Y』の社長のアラン・ラウさん、そして『ヴォー・ル・ヴィコント』の現社長の写真までが、紙面にデカデカと載っていたんだ。

タイトルは『伝説の翡翠を巡る宝飾店の戦い』。

記事を読んでみると『R&Y』で翡翠のデザインを担当するのは、あまり目立たない感じの中年のデザイナー（業界では有名な人なんだけど）だし、『ヴォー・ル・ヴィコント』だって、もちろん社長がデザインをするわけじゃない。

だけど、ものすごくハンサムな雅樹とアランさん、それに業界では知らない者などいない老舗の『ヴォー・ル・ヴィコント』の社長の写真がデカデカと載ってるのは……ものすごくショッキングでスキャンダラスな感じがする。

「これ……どういうこと？」

「極秘だった……はずだよね？」

僕と悠太郎は青ざめて顔を見合わせる。

ガヴァエッツリ・チーフから、絶対に社外秘、って強く言われてたけど。

しかも。

記事は、雅樹が不利なことを強調するような内容だった。

雅樹のデザインには伝説の翡翠をはめ込むのは、あまりにも無謀だ、みたいな。

確かに雅樹は、シンプルで男性的な強さのある作風で知れ渡っている。デザイン賞を獲った有名な作品にも、そういうものが多いし。

……だけど、繊細なタイプのものだって、彼がデザインしたものは、どれもものすごく美しいのに！

読み終わった僕は、がっくりと落ち込んでしまっていた。

……読むんじゃなかった……。

「ごめん。オレがヘンな記事みつけたから」

さっきまで記事を書いた記者に対して怒りまくっていた悠太郎が、今度は落ち込んだ声で言う。

カップベンダーで買ったカフェ・オレを僕の前に置いてくれる。

「ありがと、悠太郎」

「黒川チーフ……さっき休憩しにここに来てたみたいだから……きっとこれ、読んだよね」

悠太郎が、心配そうに言う。僕は、コーヒーを冷ますフリをしてため息をつき、

「……彼は、世界的に有名なデザイナーだもん。いろんなこと言われる機会も多いし、それがほめ言葉ばかりじゃないことだって彼もわかってると思うし……でも……」

僕は、なんだか泣きそうになりながら、

「……黒川チーフはがんばってる。何も悪いことしてない。なのにあんな……可哀《かわい》そう……」

「サボっているということは、次の仕事も順調に進んでいるんだな？」

ドアの方から聞こえた声に、僕と悠太郎は飛び上がる。

「ガ、ガヴァエッツリ・チーフ……すみません……」

「謝ることないぞ、あきや！　ここに来たってことは、あなただってサボりに来たんでしょ？」

ガヴァエッツリ・チーフは、とんでもない、というように大げさに肩をすくめてみせて、

「可愛い部下たちのことが心配になって様子を見にきただけだ、人聞きの悪い」

「じゃあ、なんで、手に小銭入れとシガレットケースを持ってるワケ？」

悠太郎が言うと、ガヴァエッツリ・チーフはバレたか、というように苦笑いし、

「タバコを吸うのが目的ではないぞ。君たちが何かに悩んでいないかどうか……」

「はいはい。……ったく、往生際《おうじょうぎわ》が悪いんだから、素直にサボりに来たって言えよなあ」

ガヴァエッツリ・チーフは知らないフリをして、コインケースから小銭を出して、カップベンダーに入れる。エスプレッソのボタンを押しながら、

「このマシンで飲み物を買う時はいつもドキドキするな。君たちもそうだろう？」

「え？　どうしてですか？　ドキドキするほど好きなんですか、そのコーヒーが？」

この休憩室に備え付けてあるのは、エスプレッソやカプチーノも買える、高い機種のカップベンダーだ。だからカップベンダーのコーヒーにしては美味しいかもしれないけど……。

でも、彼はイタリア人。しかも超高級ホテルに長期滞在していて、毎朝そこのカフェで美味《おい》しいエスプレッソを飲んで通勤してくる、素晴らしく優雅な生活をしている人だ。

……その人が、そんなに言うほど、このコーヒーって美味しいかな……？

「そうじゃないんだよ。この人、カップベンダーの使い方がわかってなくて……うわっ！

僕が考えてしまうと、悠太郎が、違う違う、というようにかぶりを振って、
だめだってば！」

悠太郎が腰を浮かせたと同時に、ガヴァエッツリ・チーフが、ああっ、と叫ぶ。

「あなたって、どうしてそうなんだよ〜！　もお〜！」

ガヴァエッツリ・チーフは、まだコーヒーが吹き出しているのにカップの取り出し口の扉を

開けちゃったんだ。

「だ、大丈夫ですか？　火傷《やけど》とかは……」

　僕が言うと、ガヴァエッツリ・チーフはまだ驚いた顔で、

「大丈夫だ。もう慣れてきた。とっさに扉をまた閉めた」

「……は？」

　……慣れてきた、ってことは……？

「このカップベンダーはスキあらば攻撃してくる。まったく、油断もスキもないな！」

　……ってことは、こんなことを何度もしてるのかな？

　悠太郎がため息をついて、

「だから〜！　この間も言っただろ？　その扉のところの『抽出中《ちゅうしゅつ》』のランプが点《つ》いている時は開けちゃダメなんだってば！」

「そうだったかな？　ああ、できた」

　ガヴァエッツリ・チーフはあんまり聞いてないような声で言って、抽出の終わったカップベンダーから、妙に嬉しそうな顔で、エスプレッソのカップを取り出している。悠太郎があきれた声で、

「まったく！　ガヴァエッツリ・チーフって意外なところでダメ……っていうか、この人、ルックスとデザインセンス以外、はっきり言って全部ダメだよね！」

「なんなんだ、それは？」

ガヴァエッツリ・チーフはムッとした声で言いながら近寄って来て、僕らのいるテーブルに紙コップを置く。

いきなり悠太郎の顎《あご》に手をかけて、キスでもしそうな角度で上を向かせ、

「確かめたこともないくせに。明日の朝までかけて、私の素晴らしい特技を教えてあげようか？」

ものすごくセクシーな目で、悠太郎の顔を見つめる。

悠太郎は一瞬呆然としてから、いきなりかあっと赤くなって、

「ちくしょう、離せよっ！　あなたのヘンな特技なんか、ぜ〜んぜん知りたくないぜっ！」

叫んで、ガヴァエッツリ・チーフの手を、ペシ！　と叩《たた》いている。

僕は、なんだか目の前でイチャつかれているみたい、と思いながらため息をついて、

「そういえば、悠太郎、最近料理とかすごく上達しているよね。この間僕の部屋で作ってくれたリゾット、すごく美味しかった」

「だってガヴァエッツリ・チーフがオレの部屋に押しかけてきて、リゾットが食べたいだの、イタリアの田舎《いなか》風スープを作ってくれだの、今夜美味しいパスタを食べないとホームシックで死んでしまうだの大騒ぎして……」

「当然だ。恋人の手料理を食べたいというのは男なら誰でも思うことで……」

ガヴァエッツリ・チーフが平然と言った言葉に、悠太郎が、

「誰があなたの恋人だあ〜っ！　勝手なこと言うなあ〜っ！」

「それにしてはきちんと作ってくれている。まんざらでもないくせに。ユウタロは本当に恥ずかしがりやで可愛いな」

ガヴァエッツリ・チーフの流し目に、悠太郎がまた赤くなりながら、

「ちが〜うっ！　イタリアからあんなにレシピを取り寄せられたら作らないわけにいかないじゃないかっ！　しかもガヴァエッツリ社長夫人のマリア・ガヴァエッツリさんのオリジナル・レシピ！」

「そうそう。マンマの味は、奥さんにも憶えてもらわないと……」

「だれが奥さんだっ！　オレはあきやに美味しいモノを食べさせるために作ってみてるの！あなたはただの味見役！　美味しくないモノ、あきやに食べさせたくないもんねっ！」

「ひどいぞ、ユウタロ。私は大富豪ガヴァエッツリ家の御曹司で……」

「……で？　どうしたんだよ、あきや？」

ガヴァエッツリ・チーフが悲しげに言うのを無視して、悠太郎が僕に聞く。僕は、

「僕も、悠太郎みたいに料理ができたら、黒川チーフに手料理とか差し入れができるのにな。黒川チーフ、朝も昼も食べてない。きっとあのままじゃ、夕食も食べないと思うから……」

思わずため息が出る。悠太郎とガヴァエッツリ・チーフが顔を見合わせてから、

「そしたら、オレが教えてやるよ！　一緒に作ろうぜ！　一回冷めてもあたためれば美味しいメニューって言ったらラザニアかな？　黒川チーフの部屋、オーブンあったもんな！」

「私がいるホテルのイタリアンレストランのシェフと、ユウタロは仲良しだ。厨房《ちゅうぼう》の隅でラザニアを作るくらい、許してくれるだろう。アキヤ、教わってそこで作ればいい」

二人の言葉に、僕はなんだか泣いてしまいそうになる。

MASAKI　5

「朝も昼も、何も召し上がっていないですよね？　あの、夕食は……？」

晶也が俺を見上げながら言う。俺は少し考えてから、

「え……ああ……そういえば食べていない」

食事のことなどすっかり忘れていた。目の前の問題で頭がいっぱいで、食欲など少しも感じなかったからだ。

「あの……」

晶也は、手に持ったバスケットを差し出して、

「……これ。あの、僕、夕食を作ってきたんです」

「えっ？」

「イタリアンサラダと、ラザニアです。ラザニアは耐熱容器に入っているので、オーブンであたためてくださいね」

俺は驚いて、

「サラダとラザニア？　君が作ったの？」

晶也は見かけによらず意外に不器用で、料理がほとんどできない。

二人でいる時は俺が料理を作る。晶也も手伝ってくれるが、今までにも指を切ったり火傷をしたりの前歴があるので、俺はいつもハラハラすることになる。

その晶也が……一人で料理を？

「大丈夫？　まさかケガなどしていないだろうね？」

「あ、ええと……」

晶也が赤くなりながら手を身体の後ろにまわして俺の目から隠そうとしている。

俺は彼の手首を握って引き寄せ、手を前に出させる。

晶也の白い手。細い指先。右手の人差し指と中指に、真新しいばんそうこう。

「どうしたんだ、ここ……？」

言うと、晶也は慌てたように、

「全然たいしたことないんです。ラザニアをゆでようとしたら、お湯がはねて。ほんの少し赤くなっただけなのに、悠太郎とガヴァエッリ・チーフとレストランのシェフが、大騒ぎでこれを」

言ってから、頬を赤くして、

「あ、一人で作ったんじゃないことがバレてしまいました」

俺に、照れたような笑顔を向けて、

「一人じゃ、あんまり上手くできなかったと思うんですけど、悠太郎とシェフが教えてくれて、ガヴァエッリ・チーフが味の保証をしてくれたんです。だから、あの、よかったらどうぞ」

言いながら、そっとバスケットを靴箱の上に置く。

「それじゃ、僕、これで」

言って、そのまま踵を返そうとする。

「晶也！」

俺は、彼の腕を摑《つか》んだ。

「部屋に上がればいい。どうして逃げるんだ」

「逃げるわけじゃないです。ただ、部屋に上がったらあなたのお邪魔になりそうで……」

なんとなく言いにくそうな口調で、

「あなたみたいに優秀で有名なデザイナーに、僕みたいな駆け出しがこんなことを言うのはナマイキかもしれませんが……あの……」

晶也は、本気で心配そうな顔をして、

「……大丈夫ですか……？」

その澄んだ瞳。

俺の中の、切れそうな何かが、強い力でさらに張りつめるような気がする。

「……あなたは、とても疲れているみたいに見えます……」

悲しいほどに沈んだ表情。

……愛する晶也に、こんな顔をさせるなんて……。

……俺は、なんて情けない男なんだ……。

「……もしかして、全然寝ていらっしゃらない……とか？」

「時間がないんだ」

言った声は、驚くほど冷徹《れいてつ》だった。

俺の冷たい声を、自分への拒否ととったのか、彼は怯えたような顔をする。

「すみません、余計なこと。……でも」

彼の瞳が、泣いてしまいそうに潤む。

「あなたは、ガヴァエッリのためにがんばっているんですよね。それはわかっているし、素晴らしいことだと思います。でも……」

……ああ……。

自分の身体に走った何か凶暴な感情に、俺は自分で驚いてしまう。

……何かが切れてしまいそうだ……。

布地越しの彼の腕の感触、すぐ近くにある体温。

「だめです、そんなに自分を追いつめたら……」

すがりつくようにして、切ない目で俺を見つめる。

「……あなたが、壊れてしまいます」

心に突き刺さるような、つらい呟き。

「……愛してます、雅樹。あなたの苦しみは、僕の苦しみです」

彼の声、彼の甘い息。俺の冷え切った身体の奥に何か獰猛な灯《ひ》がともる。

「……僕は自分がもどかしいです。あなたのためにどんなことでもしたい。でも実際は……」

彼はつらそうに、小さくかぶりを振って、

「……僕は、あなたが抱えている苦しみを、少しも癒《いや》してあげることができない」

「俺が担当しているのは、たった一型のデザインなんだ。少しも苦しんでなどいないよ」

自分の声が苦しげにかすれていることに気づいて、俺は心の中で自分を嗤《わら》った。

……そう、たった一型のデザインじゃないか……。

世界的な宝飾品会社、ガヴァエッリ・ジョイエッロ。そのローマ本社に入社し、副社長のサブチーフを務め、ジュエリーコンテストの賞をいくつも獲り、マスコミに騒がれ……。

……俺は思い上がっていた。

……たった一つのデザインですら、まともに描けないデザイナーなのに。

俺は、晶也のしなやかな身体を、思い切り引き寄せた。

「……あっ！」

その顔を上げさせ、奪うようにしてその美しい唇にキスをする。

「……んっ……」

彼の驚いたような声が、俺の獰猛な気持ちに火をつける。

俺はもう、何も考えられなくなりながら、彼の首筋に唇を滑らせた。

「……あ……ど、どうしたんですか……？」

後ずさりしようとする晶也を片手で抱き留め、空いている片手でネクタイを解《ほど》き、ワイシャツのボタンを外していく。

俺が誕生日にプレゼントした、プラチナのチェーンとリングが、彼の肌の上で悲しく光る。

「ま、雅樹！　……あっ……！」

ワイシャツをはだけ、彼の鎖骨の上にキスをする。

「……や、あ……雅樹……！」

真夏だというのにさらさらと乾き、ひんやりと涼しい、彼の滑らかな白い肌。

俺は、逃げようとして引けている彼の細い腰を抱きしめ、その肌にキスを繰り返す。

「……やっ、どうしたんですか？　……急に……あっ……！」

身を屈め、珊瑚《さんご》色の乳首にキスをすると、晶也の身体がびくんと跳ね上がった。

「……や、ああ……ん！」

……晶也……！

俺は、救いを求めるように晶也の身体を抱きしめた。

おかしくなりそうなほど混乱した俺の頭の中。晶也を腕に抱きしめている瞬間だけ、俺は救われるような気がする。

……晶也を抱きたい……。

……晶也が俺をまだ愛してくれているかどうか、確かめたい……。

俺は、彼の身体をドアに押しつけ、スラックスのベルトに手をかける。

「……あっ……」

カチャ、という金属音に、晶也が怯えたように身をすくませて、

「……ま、待ってください、いやです、こんな……！」

俺は、かぶりを振る晶也のスラックスのボタンに手をかける。

「いやっ、雅樹！」

晶也が叫んで俺の胸に手を突き、強い力で俺の身体を押しのけた。

そして、その姿勢のまま固く目を閉じて、

「……いや……いやです……雅樹……」

晶也の唇が、かすれた声を漏らした。

「……愛してます。あなたに抱かれるの好きです。でも……」

閉じられた長いまつげの間から、涙がすっと零《こぼ》れ落ちた。

「……こんなふうにされるのは……」

彼の悲しげな声に、俺はハッと我に返る。

俺は晶也を愛している。

彼のためならどんなことでもする、彼を傷つけるようなことは絶対にしない、と心に決めていたはずだ。

なのに俺は、晶也をこんな場所で、壁に押しつけ、服を脱がせようとし……、

……まるで、強姦《ごうかん》でもするように、むりやり抱こうとしたなんて……。

自己嫌悪が、俺の胸を真っ黒に染め上げる。

「……明日から、しばらく香港に行ってくる」

俺が言うと、晶也は呆然とした顔で、

「香港……どうして……？」

「頭を冷やしたい。俺は自分を制御《せいぎょ》できない。デザイナー室で苛つく、そのうえ君をこんなところでむりやり抱こうとするなんて」

晶也は目を見開き、それから慌てたように、

「ご、ごめんなさい！　あなたがいやだから拒んだんじゃなくて、あの……！」

「君が謝ることはない。悪かった。もう二度とあんなことはしない」

俺は晶也の言葉を遮《さえぎ》るようにして言い、俺の胸を押し返していたその手をそっと持ち上げる。

美しい白い手。しかし細い人差し指と中指に、痛々しいばんそうこう。

「差し入れをありがとう。俺のために、火傷までして」

俺はその手を引き寄せ、そっと手の甲に唇をつける。晶也は泣きそうな顔をして、

「……雅樹、あの……」

「早く帰った方がいい。でないともう一度同じことをされてしまうよ」

そして、晶也が身支度を整えたのを確かめてから、彼のために玄関のドアを開ける。

「おやすみ、晶也。……いい夢を」

晶也は何か言いたげに口を開くが、黙ったままそっとうなずいて、俺の部屋を出ていく。

ドアが閉まり、彼の足音が消えても、俺はそのままそこに立ちつくしていた。

AKIYA　6

……どうして、彼のこと押しのけたりしちゃったんだろう……？

僕は、泣きそうになりながら思う。

僕は、雅樹の部屋の灯《あか》りを見上げることのできる、天王洲の桟橋にいた。

日中の暑さの余韻で、街はまだ蒸し暑い。

でも東京湾に続く運河に面したこの場所には、涼しい海風が吹き抜けていく。

彼に初めて自分の気持ちを告白しようと決心した夜。ここに立って、今みたいに彼の部屋を見上げていたことを思い出す。

「あなたを愛しています」と告白した僕を、彼は強く抱きしめ、そのまま奪ってくれた。

その夜から、僕の全ては彼だけのものになった。

僕は、雅樹に抱かれるのが好きだ。彼と二人だけの甘い甘い時間が、何よりも好きだ。

だって、彼の何もかもを愛してるから。

……だけど……、

さっきの雅樹は、なんだかすごく怖くて。

だから僕は、思わず彼を突き飛ばしてしまったんだ。

僕が自分の気持ちに気づく前、雅樹に告白され、初めてキスを奪われた夜のことを思い出す。

あれは、僕のアパートのそばの電話ボックス。

雅樹は僕をガラスの壁に押しつけ、そのまま獰猛に僕の唇を奪った。

どんな女の子とキスをしてもときめいたことすらなかった僕が……彼とのキスでは、座り込んでしまいそうなほど、感じてしまった。

でも、雅樹が酔っぱらってふざけたんだと思い込んだ僕は、すごく頭に来て。雅樹にひどいことを言ってしまって。

その時の雅樹の本気で傷ついた顔が、今も忘れられない。

彼はその後もずっと悩み続け……僕が自分の気持ちに気づいて告白したあの夜まで、ずっとずっと苦しみ続けていた。

彼は、遊びで、キスやセックスをしようとする人じゃない。

さっきも、ヤケになって僕を抱こうとしたわけじゃないだろう。

……彼は、きっと……僕に救いを求めてくれたんだ……。

思っただけで泣いてしまいそうになる。

……どうして受け入れてあげられなかったんだろう……。

心が痛い。

……僕は、雅樹の恋人として、失格かもしれない……。

ポーッという汽笛《きてき》の音に振り向くと、対岸のヨットクラブに、レストランクルーザーが入ってくるのが見えた。東京湾を、レインボーブリッジをくぐって一周するカクテルクルーズ。その船が帰ってきたんだろう。

今年の二月、僕の誕生日に、雅樹やデザイナー室のみんながあのクルーザーを貸し切りにしてパーティーをしてくれたことを思い出す。

クルーズの料金だけでもけっこうな値段になったから、みんなからのプレゼントは数百円のものとかになっていた。でもパーティーはすっごく盛り上がり、とてもいい思い出になった。

確か、あのクルーザーが帰ってくる時間は午後十一時半だったと思う。

僕はもう、二時間もここに立ちつくしていることになる。

あの夜、僕はクルーズの後で雅樹の部屋に行き、彼から約束のリングをもらった。

そのリングは、プラチナのチェーンに下げられて、今もワイシャツの下、僕の胸の上にある。

あの時の幸せな気持ち。思い出しただけで、涙が溢れそうになる。

僕は運河に背を向け、また雅樹の部屋の窓を見上げる。

彼が仕事部屋にしているアトリエ。

……あの部屋で、雅樹はがんばってる。自分の身を削《けず》って、悩み苦しんで……。

スタンドらしき淡い光だけが、ずっと消えずにともっている。

彼のアトリエの灯りがジワリと滲む。瞬きした拍子《ひょうし》に、涙が頬を零れ落ちた。

……こんなに愛してるのに、僕はあなたに、何もしてあげられない……。

苦しい時に慰《なぐさ》め、元気づけてあげられる、それが恋人なのに。

……僕は、なんて役立たずなんだろう……。

こんなところから見つめていても、彼の役には全然立たないんだよね。

それどころか、ここは雅樹の部屋から見下ろすことができる場所。雅樹が何かの拍子に窓の外を見下ろしたら、逆に心配されてしまう。

帰ろう、と呟いて、僕は踵を返す。最後にもう一度振り返って、彼の部屋の灯りを見上げる。

「……僕は、あなたみたいな立派な人の恋人でいる資格、ないのかもしれませんね……」

呟いたら、また涙が溢れてしまう。

涙を拭《ぬぐ》おうとして拳をきゅっと握りしめたら、ばんそうこうを貼った指先がチクリと痛んだ。

……彼、さっき差し入れしたラザニアとサラダ、食べてくれたかな……?

MASAKI 6

……なぜ、あんなことをしてしまったんだろう……。

俺は、暗い気持ちでため息をついた。

久しぶりに摂《と》った食事。晶也《あきや》の持ってきてくれたラザニアとサラダは、とても美味だった。

なぜか、涙が零《こぼ》れそうになるほど。

食事を終えた俺は、アトリエでラフを描き続け……しかし、まともなデザインは一型も描けず。

俺は、デザインデスクの上の電話を取り上げる。

憶《おぼ》えてしまったナンバーをプッシュし、フロントにルームナンバーを告げてつないでもらう。

『はいっ！　ガヴァエッリですっ！』

どう聞いてもアントニオの声ではない相手が出る。これは……、

「悠太郎《ゆうたろう》？　またそこに入り浸っているのか。アントニオは？」

『黒川チーフ！　どうして電話なんかしてくんの？　あきやが夕食届けに行っただろっ？　今頃は二人で仲良くディナー、だと思ったのにっ！』

俺は、さっきのことを思い出して暗い気持ちになりながら、

「晶也は差し入れをしてくれて、その後すぐに帰ったよ。……アントニオに替わってくれないか？」

『まさか、あきやに八つ当たりしていじめたりしてないだろうな？　そんなことしたら、オレ、許さないからな！』

悠太郎が怒った声で言い、それから、気を取り直したように、

『さすがのあなたも、そんなことはしないか。……ええと、ガヴァエッリ・チーフは、お風呂に……あっ！　バスローブはちゃんと着ろって言ってるだろ！　来るな！　黒川チーフから電話！』

悠太郎が泣きそうな声で叫んでいる。受話器を放り出して逃げたようで、声が遠ざかっていく。

ベッドルームのドアが閉まるようなバタン、という音の後、アントニオの声が、

『はい。……マサキか？』

「風呂から出て、素っ裸で歩き回るのは、やめたらどうです？」

言ってやると、アントニオは可笑《おか》しそうに笑って、

『ちゃんとバスローブを着ているさ！　胸のあたりがほんの少しはだけていただけで、もう泣きそうになってあの騒ぎだ！　まったく純情なんだから！　それとも発情しているのかな？　……と、こちらのことはいいとして。どうした？　アキヤと一緒じゃないのか？』

「晶也は差し入れを届けてくれましたが……すぐに帰しました」

『赤ずきんちゃんのオオカミじゃあるまいし、まさか襲いかかったんじゃないだろうな』

アントニオは冗談の口調で言い、俺が黙っていると、

『まさか、本当に襲いかかったのか？　あんな繊細《せんさい》で華奢《きゃしゃ》な子、力ずくで最後までヤッてしまったら、心にも身体《からだ》にも傷がついてしまう！　ハニーを傷つけるなんて、男として最低だぞ！』

隣の部屋にいるであろう悠太郎に聞かれないように配慮してか、殺した声で言う。

「最後まではしていません。しかし、晶也の心は傷ついたと思います」

『……マサキ……？』

「……俺は……最低です」

絞り出すような声が漏《も》れる。

「……明日から、休暇をいただけますか？　香港《ホンコン》に行きたいと思います」

言うと、アントニオは電話の向こうでしばらく考えてから、

『どうしようというんだ？　そんな精神状態のままで良いデザインなど描けるわけがないだ

ろう？　そのうえコンテストで負けたら……おまえ、本当に壊れてしまうぞ……』

「俺は負けるわけにはいかないんです。デザイナー室と、そして晶也のために」

言うと、アントニオは、深い深いため息をついて、

『香港島側、アイランド・シャングリラに、私がいつも泊まる部屋がある。そこを使うといい』


亜熱帯気候に属する香港。この季節には、大きな台風に襲われることが多い。

都市機能が完全にストップするほどの規模の台風が来ることもある。それに直撃されていたらとても飛行機は離発着できない。

予定時刻に到着することを知らせるアナウンスが流れたところを見ると、まだ台風に巻き込まれたわけではないらしい。しかし、台風が近づいてきていることを示すように、香港行きの飛行機は激しく揺れた。乗客はひどい揺れが来るたびに悲鳴を上げたが、俺はただ、ラフスケッチを描く手元が狂うことだけに腹を立てていた。

そして、ラフスケッチすらまともに描けない自分を、ひたすら責め続けていた。

早朝の便で香港に着いた俺は、アントニオが部屋をキープしておいてくれたアイランド・シャングリラホテルにチェックインし、本や資料ファイルの詰まった重いトランクを部屋に置いた。

そして、香港中のショッピングセンターを次々に巡った。

アイランド・シャングリラに隣接したパシフィック・プレイス、中環《セントラル》のランドマーク、尖沙咀《チムサアチョイ》のペニンシュラ・アーケードとホテル・インターコンチネンタル・アーケード、銅鑼湾《コーズウェイベイ》のタイムズ・スクエアとリー・ガーデンズ……。

カルティエ、ティファニー、ブルガリ、ヴァン・クリフ&アペル、ピアジェ、カイ・イン・ローなどの有名ブランドをまずチェックし、その後は、ホテルのコンシェルジェに用意してもらった地図を頼りに、街の宝飾品店をしらみつぶしに見て回った。

中国では翡翠《ヒスイ》が人気があるということで、有名ブランドでも、香港の地元の宝飾品店でも翡翠の商品は多く扱っていた。しかし。そういう店で扱っているのは、指輪や、ネックレス、ピアス、変わった商品でも小さな仏像のお守りなどだった。

俺が依頼されたデザインは、ガヴァエッリ・ジョイエッロの歴史を変えてしまうような、超高額品。指輪やネックレスを見て回っても……ほとんど参考にならなかった。

コンセプトを絞り込み、オブジェに近いようなインパクトのあるデザインを考えなければ、あの翡翠の存在感に負けてしまう。

「……これ以上、どうすればいいというんだ……」

俺は、途方に暮れて呟く。

俺は、香港島側のスターフェリーの船着き場にいた。

一日中歩き回って身体が疲れていた。寝不足のうえに食事が喉《のど》を通らず体力も落ちている。

だが俺は、ホテルの部屋でくつろぐ気などしなかった。そしてここで、海を眺めている。

雨は降っていないが、空は暗く、風がとても強い。異常な早さで雲が空を走っている。

海は荒れ、船着き場は閑散としてほとんど人影がない。

ビクトリア湾の濃緑色の水は、風にうねって荒い波を泡立たせている。生臭いような潮の香りが、腐りかけた果物のような香港独特の甘い香りに混ざる。

この空気に包まれていると、思い出したくない昔を思い出してしまう。

俺が初めて香港を旅行したのは、物心ついてすぐの頃だったと思う。

その後も仕事がらみの出張で、何度も香港に来ている。

だが、初めて来た時の香港が、俺の記憶に一番強烈に染みついている。そして未《いま》だに離れない。

その頃、俺の両親の仲は、すでに絶望的なほどに悪化していた。

まるで必死で喧嘩《けんか》の種を探してでもいるように、彼らはことあるごとに言い争い、子供の俺はそのたびに身を切られるような思いをしていた。

家族旅行と称してはいるが片時も仕事を忘れない父親は、香港でも仕事の打ち合わせを入れた。

母親は父名義のクレジットカードを持ち、香港中の高級ブティックをひたすら巡っていた。

俺は、そんな二人の様子を悲しい気持ちで見守り、二人の喧嘩が始まらないことだけを祈った。

そのうち、子供の俺は思った。

自分は必要のない子供なのでは？

自分がいるから彼らは喧嘩を繰り返すのでは？

ペニンシュラホテルの気取ったロビー。父親と母親が言い争いを始めた時、俺は決心した。

そしてくだらない議論に熱中する彼らを残し、ドアマンが目をそらしているスキに、そっとホテルのエントランスから外に出た。

専用のリムジンで移動し、冷房の効いた高級な場所にしか足を踏み入れない彼らと行動をともにしていたせいで、俺は、香港を、銀座の目抜き通りの延長のようにしか感じていなかった。

だが、エントランスを出た俺に吹きつけてきたのは、オーブンにでもいるような熱い風。

熟れすぎ、腐りかけた、甘ったるい果物の香りが、俺の鼻をついた。

魔都の雰囲気を残した、当時の香港。俺は、魅《み》せられたように歩き出した。

裏道には、人の行き交うストリートマーケット。野菜クズや潰《つぶ》れた果物で汚れた歩道。大声で怒鳴り合う人々。振り上げられる中華包丁、道端で盛大な音を立ててさばかれていく巨大な魚。

充満する湿度、熱気。どこかから漂ってくる潮の香り。

大通りに出ると、歩道にはたくさんの貧しい人々が溢《あふ》れ、痩《や》せた野良犬がうろついていた。

子供だった俺は、座り込んだ彼らと視線が近かった。

どう見ても迷子になった観光客の子供にしか見えない俺を、彼らは容赦のない視線で眺めた。

彼らのみすぼらしい汚れきった服。だが、彼らの目の中にはパワフルな貪欲《どんよく》さがあった。

それに比べて、あきらめきったような目をし、磨《みが》かれた革靴を履《は》いた子供の俺の、なんと場違いだったことか。

ここもまた、自分のいるべき場所ではないことを、子供だった俺は静かに悟った。

老婆《ろうば》が弾く胡弓《こきゅう》のけだるい音色《ねいろ》が、長く長く響いていたのを憶えている。

ここに来るたび、俺の心が、あの頃の痛みを思い出す。

香港は、俺にとって、何度来ても悲しい気持ちになる街だ。

湾の向こう、九龍《カオルン》半島の景色が、ふっと暗くなる。

巨大な竜《りゅう》が現れたかのような、真っ黒な雲が上空を覆《おお》っている。雲の中で、稲妻《いなづま》が光る。ビクトリア湾に、無数の小魚が跳ねているかのような白い波が立つ。それは海面を渡って近づき、あっという間に湾を越えてくる。立っていたウッドデッキが、ポツ！　と雨の当たる音を立て、その一瞬後には、俺は嵐のような豪雨の中にいた。

俺は目を閉じ、そのまま豪雨の中に立ちつくした。

あたたかい雨が頬《ほお》を伝って流れ落ちる。俺は、自分が泣いているような気がした。

AKIYA　7

「休暇をやったはいいが……マサキは、今頃、一人で真っ暗になっているんだろうな」

ガヴァエッリ・チーフが言う。

雅樹《まさき》が休暇を取って一日目。会社の昼休みの時間。

僕と、悠太郎と、そしてガヴァエッリ・チーフは、会社のそばのオープンカフェにいた。

夏の空は明るく晴れ渡り、木陰になっているここには涼しい風が吹き抜けている。

ガヴァエッリ・チーフは、さっきまで株式ニュースをチェックしていたモバイルコンピュータのキーを叩《たた》いて、

「お、しかも、香港付近には台風が近づいている。飛行機はもう到着しただろうから、フライトに影響はなかっただろうが、今夜は豪雨になるらしい。気持ちも天気も最悪、というやつだな」

「絶対最悪になってるよ。誰かさんと二人でいるところを想像するのも悔しいけど、今回はそれを許してやってもいいくらい、黒川チーフ、やば〜い感じだよなあ」

悠太郎が言う。二人ともチラチラ僕を見ている気配。目を上げると、二人は慌てて視線をそらして、

「そういえば、香港には宝石店がたくさんある。リサーチをしたら勉強になるだろうな」

「あ！　オレも行っていい？　飲茶《ヤムチャ》がすごく食べたいし！　安いカンフーシューズとか買いたいし！」

身を乗り出した悠太郎を、ガヴァエッツリ・チーフがちらりと睨《にら》んで、

「恋人以外の人間が押しかけて行っても邪魔なだけだ。それに、先々月、結婚式でイタリアに行ったおかげで、『ガヴァエッツリ・ジャパン』の仕事が大幅に遅れている。特にユウタロ、君はこの二ヶ月間で、〆切を守れたのはたったの二回」

「うわっ！　なんで数えてるんだよおっ！」

悠太郎が頭を抱えている。ガヴァエッツリ・チーフは、

「もしも仕事が暇な時期なら、私やユウタロも一緒に行って、香港に着いたら別行動にもできるんだが……」

言って、困ったようなため息をつきながら、

「……ポーッとしたアキヤを、一人で香港に行かせるのは心配だな」

その言葉に、僕は慌てて顔を上げて、

「えっ？　あの！　それって……」

「アキヤはきちんと〆切を守っているし、バーゲンだからといって誰かさんのようにズル休みをしていないし」

「うぐっ！」

七月のバーゲン時期にこっそりズル休みをしたことがバレている悠太郎が呻《うめ》く。

「会社にいても少しも仕事に身が入っていないようだし、有給はまだ残っているし、勉強のために香港に旅立っても文句は言えない」

「えっ？　ほ、本当ですか？」

朝からずっと言いたい言いたいと思っていた言葉を言われて、僕は勢い込んで、叫んでから、僕はふっと我に返る。

「行きたいです！　行かせてください！　僕……」

……もしかしたら、雅樹の仕事の邪魔になって迷惑かも……？

「アキヤ。今、『行ったらマサキの仕事の邪魔になって迷惑かも？』などと思っただろう？」

ガヴァエッリ・チーフの言葉に僕はドキリとする。

「えっ、どうして……」

「君の考えていることはだいたいわかるよ。表情が開けっぴろげだし。だが、今朝からずっと、『仕事なんか放ってマサキの後を追って行きたい』とも思っていただろう」

……しっかり見抜かれてた……。

「……す、すみません、僕……」

「本当に素直な子だな。ただ、君にだけ特別休暇をあげるわけにはいかないから、有給を使わなくてはならない。出張扱いにもできないから、ホテルと飛行機代は自分持ちだ。それでもいい？」

「はいっ！　有休を取って、格安チケットをどうにか探して行きます！」

「飛行機のチケットか。急に安いものを探すのは至難の業《わざ》だぞ。だが……」

ガヴァエッリ・チーフは、内ポケットからガヴァエッリの名前入りの封筒を取り出して、

「香港行きのオープンチケット。暇ができたら香港支店の視察に行けと渡されていたんだが……あいにく私は忙しい」

ガヴァエッリ・チーフは封筒をテーブルの上に置いて、

「往復分ある。誰か使いたい人に、格安で譲ってあげよう」

「僕、買います！　今、銀行に行って貯金を下ろしてきます！　いくらですか？」

ガヴァエッリ・チーフは、その端整な顔に笑みを浮かべて、

「ここの私の分のコーヒー代。エスプレッソ、税込みで三百七十八円、かな？」

「えっ？」

「マサキは、香港島側、アイランド・シャングリラのマレーシアン・スウィートに泊まっている。君なら、彼を救うことができる。尻《しり》を叩いて彼に仕事をさせてくれ」

……僕が、雅樹を……？

「僕なんかに、そんなことができるんでしょうか……？」

ガヴァエッツリ・チーフは手を上げて僕を黙らせ、それから片目をつぶって微笑《ほほえ》むと、

「君にしかできない。頼んだぞ」

MASAKI 7

香港島。アイランド・シャングリラホテル。アントニオが用意してくれたのは、その会員制フロアのマレーシアン・スウィートと呼ばれる部屋だった。

サービスの良さと、落ち着いた雰囲気、そして高層階にある客室からの見事な夜景で、世界のホテルランキングで毎年上位にランクインするホテルらしい。

マレーシアン・スウィートには、リビングとベッドルームのほかに、八人掛けのテーブルのあるダイニングルームがある。アントニオはちょっとしたミーティングにも利用しているらしい。

落ち着いたベージュで統一された室内。基本はヨーロピアンだが、孔雀《くじゃく》の描かれた中国風の絵画や、花々の描かれた陶器製のスタンドが、アジアンテイストを加えている。

部屋のどの窓からも、ビクトリア湾と、対岸の九龍半島の見事な景色を一望にできた。

俺は、ダイニングルームの窓のそばに立ち、広がる香港の景色を、ぼんやりと眺めていた。

まだ夕方だというのに、空は真夜中のように暗く、窓ガラスには横なぐりの雨が吹きつけている。

……もう、一枚も描けない……。

絶望することにも疲れ、何かが抜け落ちてしまったような空虚な気持ちで思う。

俺がここであきらめたら、全てが終わってしまう。それは解《わか》っている。

どんな精神状態だろうが、どんな事情があろうが、依頼された仕事は遂行《すいこう》する。それがプロだ。

……なのに……。

井戸の水が涸《か》れるように、俺の指先からは、もう一型のデザインも湧《わ》いては来ない。

『李《リー》家の翡翠』を巡る三社の勝負に関するニュースは、宝石業界に知れ渡っていた。

勝負から逃げれば、俺のデザイナーとしての信用は地に落ち、業界中で笑い者になるだろう。

だが、そんなことは、俺にとってはどうでもいい。

勝負に負けたら日本支社デザイナー室は撤廃《てっぱい》になる。

デザイナー室のメンバーは、全員、解雇されるだろう。

晶也は、デザイナー室を見捨て、勝負から逃げた卑怯《ひきょう》な俺を、見捨てるだろう。

……それとも、もうすでに、晶也は俺を見捨てただろうか……？

俺を拒絶した時の彼、閉じられたまぶたの隙間《すきま》から流れ落ちた、一筋の涙を思い出す。

俺の心が、壊れてしまいそうに痛む。
デザイナー室のメンバーに囲まれ、晶也と過ごした日々が脳裏をよぎった。
それは眩《まばゆ》く、あたたかく……そしてとても遠いような気がする。
……何もかも、もうおしまいなのだろうか……？

AKIYA 8

大雨を伴った強い台風は、昨夜のうちに通り過ぎたらしい。

飛行機の窓の外に広がる香港は、洗い流されたように輝いて、爽《さわ》やかに晴れ渡っていた。

香港には、子供の頃に一度来たことがある。その時の空の玄関口は、カイタック空港だった。

狭いビルとビルの隙間を滑空するスリル溢れる着陸の様子に、まだ子供だった慎也《しんや》兄さんと僕は、窓に張りついて歓声を上げ、エキゾチックな香港の景色にうっとりと見とれていた。

「……あの時の雰囲気と、全然違う……！」

僕は新しくて広い空港ターミナルの中で、途方に暮れて立ちすくんでいた。

慌てて日本を飛び出してきてしまったから、香港のガイドマップさえ持っていない。

この空港ができたことは、ニュースで見たから知っていた。

確か、この空港は市街地から離れた場所、ランタオ島というところにある……はず……。

「……ここからどうやって香港島に行けばいいんだろう？　……バスとか……？」

呟《つぶや》きながらターミナルを横切り、エントランスに向かう。

ターミナルを出ると、容赦なく照りつけてくる陽光。ぶわっという感じで吹きつけてくる熱風。

……うわ。東京よりも、もっと暑い……！

甘ったるい果物に似た風の香りに、あらためてここは香港なんだな、と思う。

湿気が多くて、まるでオーブンで蒸し焼きにされてるみたい。

この猛暑の中、香港までショッピングに来るもの好きな人なんかあまりいないのか、ターミナル前の道路には観光客の姿はほとんどない。

……どうしよう？　タクシーに乗るしかないのかな？

ターミナル前の車寄せ、タクシー乗り場には、『的士』って書かれた表示灯のある赤や緑のタクシーがたくさん停まってる。

……ここって繁華街から遠いのかな？　すっごくタクシー代がかかったらどうしよう？

実はお金はあんまり持ってない。少しの円と、香港ドルと、後は帰りの分の飛行機のチケット。

もしも雅樹に会えたとしても彼の邪魔をするわけにはいかない。今夜の便で日本にトンボ帰りするか、でなかったら自分でホテルを取ることになる。どっちにしろお金は節約しないと……。

「タクシー？　ナニホテル？」

いきなり後ろから聞こえた怪《あや》しい発音の日本語に、僕は驚いて振り向いた。

そこに立っていたのは、膝《ひざ》までのハーフパンツに白いランニングシャツの太ったおじさん。

彼は黄色い歯をむき出しにしてにっこり笑うと、いきなり僕の腕を摑《つか》んで、

「タクシー探してる？　カイモノは？　オミヤゲ？　ホテルはキマッテル？」

「えっ、ええと、ホテルは決まってなくて、あの……」

おじさんは、僕をぐいぐい引っ張りながら、

「それならウチにキナサイ。タダで泊めてアゲルからネ」

「えっ？　タダで？　いえ、そんな、悪いですから、あの……」

言うけど、おじさんは、僕の肩を抱くようにして、自分の車らしき汚れたステーションワゴンの方にどんどん歩いていく。

「えっ、あの、あの……」

僕はどうしていいのか解らなくなって、助けを求めてあたりを見回す。

……うわ、どうしよう？

……親切な人なのか、悪い人なのか、全然解らない……！

「待って！　そのオヤジはこのへんでは有名な悪いやつだ！　エッチなコトされちゃうよ！」

クセがあるけど、わりとちゃんとした発音の日本語が聞こえて、僕は慌てて振り返った。

「……え……？」

そこに立っていたのは、見とれちゃうような美しい男の子。

僕よりも少し年下？　って感じだけど、背は僕よりも高い。

仕立ての良さそうなマオカラーの白いシャツ、腰の詰まった黒いパンツ。

彼は、おじさんに向かうと、怒ったように聞こえる中国語で、早口に何かを言う。

テレビの中国語講座なんかで聞くきっちりしたイメージの北京語《ペキン》とは違う、激しい感じの語感。これは……広東語《カントン》ってやつ？

おじさんが弁解するように何かを言い返すと、彼は本気で怒ったように相手の胸に指を突きつけて怒鳴り、僕の腕をおじさんの手の中から奪い返す。

今度やったら承知しねーぞ、みたいな口調で言い捨てて、僕の腕を取って歩き出す。

「えっ、ええと、あの？」

彼は、楽しそうな笑みを浮かべて僕を見つめ、

「オレ、レオン・リー。レオンって呼んでよ。君は？」

「え。ええと……」

「……ん？」

その人なつっこそうな笑顔は、なんとなく誰かに似ていて……、

僕は呆然《ぼうぜん》としたまま少し考え……それが誰なのかに気がついて、なんだか微笑ましい気分になる。

……悠太郎に似てるんだ、この子。

ちょっとジャニーズ系っぽい、けっこうな美形。

黒い髪、綺麗《きれい》な黒い瞳《ひとみ》に浮かぶ、いたずらっぽい光。

知らない場所で知らない子にいきなり話しかけられたことへの警戒心よりも、親しみの方が勝ってしまう。僕は思わず笑いながら、

「僕は篠原《しのはら》晶也。ええと、香港島に行きたいんだけど、どうやって行けばいいのかな？　昔、カイタック空港だった頃に来たきりだから、よくわからなくて……」

「エアポート・エクスプレスっていう電車が通ってるから簡単だよ。……ホテルはどこ？」

「決まってないけど、アイランド・シャングリラホテルにまず行ってみようかと……」

「アイランド・シャングリラ？　こんなに若いのに、ツアーじゃなくて個人であそこに泊まるなんて、君ってお金持ち？　それとも日本人ってみんなそんな感じ？」

なんとなくからかうような口調に、僕は少し赤くなる。

レオンって名乗った彼は、普段着っぽいラフな格好をしてる。だけど、どう見たって上等な仕立ての服だし、醸《かも》し出す雰囲気も、なんだかすごくお金持ちっぽい。

それに比べて僕なんて丸井のローンで買ったつるしのサマースーツ。しかも、飛行機で座

りっぱなしだったせいで、ヨレヨレしているし……。

「アイランド・シャングリラに泊まるわけじゃないんだ。知り合いが泊まってて。その人に用事があって訪ねていくところ」

「……へえ？」

彼はなんとなく面白そうに言うと、手を伸ばし、いきなり僕の手からバッグを取る。

「あっ！」

僕が思わず声を上げると、彼は楽しそうに笑って、

「別にひったくるわけじゃない。ホテルまで送ってあげる。おいで」

「え？　そんな……」

彼は、空いている方の手で僕の手を握って、エントランスの方に歩き出す。

『レオン！』

後ろから聞こえた男の人の声に、僕は慌てて振り返る。レオンって、この子だよね？

走ってきたのは、四十歳くらいの金髪の男の人。

背が高くてお金持ちそうな、けっこうな美形。だけど、この暑いのにきっちり着込んだダブルのダークスーツが、なんだかちょっとキザな感じ。

彼は、僕たちに追いつくと、早口の英語でレオンくんに話しかける。

なんとなく責めるような口調と、僕をチラチラ見る男の人の視線。僕は思わず後ずさって、

「ねえ、レオンくん。君が迎えに来たのは、この人なんだよね？」

そう。考えてみれば、用事もないのに空港ロビーにいるわけがなかったんだ。

きっと、この男の人を迎えに来たのに、僕が困ってるのを見て声をかけてくれたんだ。

「どうもありがとう。僕、一人で行けるから……」

彼の手から荷物を取ろうとするけど、彼は身をかわして僕の手から荷物を遠ざけ、そのまぐいっと僕の肩を引き寄せるようにして、

「気を使わないで。こいつとは、今日限りで終わりにしようと思ってたんだ」

「……え？」

「もう飽きたしね」

彼はひょいと肩をすくめてから男の人に向き直る。それから、挑戦的な目で男の人を見上げる。

彼が、早口の広東語で何かを言い捨てる。

男の人の顔に浮かんだ呆然とした表情。僕は広東語なんか解らないけど（もちろん北京語も！）男の人の顔から、なんとなくレオンくんが言った言葉の意味が解るような気がする。

……うわ。きっと、僕に言った通りの、「今日限りで終わりにしてよ。あなたには飽きたし」みたいなことを、きっと彼にも面と向かって……。

男の人は、たどたどしい広東語で懇願《こんがん》するように何かを言っている。

お金持ちそうだし、けっこう格好いい大人なのに、なんだかもう形無しって感じ。

レオンくんは高らかに何かを宣言すると、僕の肩を抱きしめて、あっさりと踵《きびす》を返す。

「えっ、ええと……大丈夫なの？　あの……」

「もう関係ないよ、あんな男！」

悠太郎は、女の子に人気があるし、いかにもモテそうなルックスをしてる。だけど、実は恋愛に関してはすっごく真面目《まじめ》で、女の子と軽い気持ちでつきあったりしない。

そんな悠太郎に、雰囲気はこんなに似てるくせに……！

僕は、驚きながら思う。

……レオンくんって、もしかしてすっごい遊び人……？

彼は、さっきとはうって変わった無邪気な声で、

「ホテルまで送ってあげるかわりに、ランチにつきあってね！」

「いつも……こんなところに食事しに来てるの？」

僕は少し怯《おび》えながら、お店の中を見渡していた。

送ってあげる、なんて言われたから、バイクの後ろにでも乗せてくれるのかと思ってた。

だけど、レオンくんが乗せてくれたのは、なんとピカピカのリムジンだったんだ！

そして。

彼が連れてきてくれたのは、上海《シャンハイ》銀行ビルの最上階にある、会員制の超高級レストランだった。

真っ白な大理石の床、中国風の赤い柱、まるで宮殿にでもありそうな大きなシャンデリア。要するに、高級すぎて、僕らみたいな若造が来るにはあまりにも場違いな……。

「オレ、ただの不良に見えるかもしれないけど、けっこうなお金持ちのお坊っちゃまなんだよ。見直した？」

その声に、僕はなんとなく笑ってしまいながら、

「見直したかどうかはナゾだけど。すごいね、お金持ちの家の息子さんなんだ。僕なんか本当にふつうの庶民の家の息子なんだよ」

「大学生？　観光旅行だろ？　オレがこれから案内してあげるよ」

「大学生？」

僕は苦笑してしまう。

「僕、いちおう社会人なんだけど」

「うそ！　いくつなの？　オレ、十七歳だけど……オレと歳《とし》は離れてないよね？」

「二十四歳。もう大学は卒業して、ちゃんと会社に勤めてるんだよ」

「へえ〜！　七歳も年上？　見えないなあ〜！」

……僕、そんなに子供じみて見えるかなあ……？

ため息をついて、窓の外に目をやる。眼下に広がる香港の街。

快晴の空、キラキラと光るビクトリア湾、対岸の九龍半島に立ち並ぶビル。

家族旅行で来た香港は、楽しいことばかりの連続だった。

母さんのチャイナドレスを作ったり、ビクトリアピークに上ったり、美味《おい》しい飲茶を食べたり。

今でも、それはすごく輝いている思い出。僕は、香港がとても好きだ。

だから、今見ているこの景色は、観光で来ていたとしたら心弾む風景だったろう。

……でも……。

この街のどこかに、雅樹がいる。彼はきっと、まだ苦しんでいる。

そう思うだけで、心臓が鋭く痛む。

……本当は、僕は、ここに来るべきじゃなかったのかも……？

……雅樹の邪魔になることは解ってる。なのに、どうしても会いたくて……。

僕って、本当に子供じみてる。

自分の感情に振り回されて、愛してる人の邪魔になるようなこと、するなんて。

ガヴァエッリ・チーフや悠太郎は、僕が会いに行くことで雅樹は救われるはずだ、って言ってくれた。

……でも……僕にそんな力が、あるんだろうか……？

……もしかして、仕事の邪魔をするなんて無神経だ、って、雅樹に嫌われてしまうかもしれない……。

思ったら、なんだか泣いてしまいそうになる。

「どうしたの？　何考え込んでるの？」

レオンくんの声に、僕はハッと我に返る。レオンくんはなんだか心配そうな顔で、

「さっき、人に会うって言ったよね？　もしかして、その相手に会うの、気が進まないの？」

……ああ、年下の彼にまで心配させちゃうなんて……。

僕はむりやり笑って、

「そんなんじゃないよ。……ええと。機内食を食べなかったからちょっとおなかすいて」

言うと、彼はホッとした顔になる。それから慣れた仕草で手を上げてウェイターを呼ぶ。

「海鮮料理とかも美味《おい》しいけど、着いたばかりなら飲茶を食べたいでしょう？　嫌いなものはある？」

「にんじんと、レアのお肉……だけど、飲茶ならそんなのは出ないしなんでも平気。お任せするよ」

彼はウェイターに広東語で注文をしてから、

「ねえ、アキヤ。飲み物は何にする？　オレは……シャンパンにしよーかなあ？」

「お酒はだめだよ、こんな昼間から」

僕が驚いて言うと、彼は、

「オレに意見するの？　オレは香港じゃ有名な、すごい金持ちの息子なんだ。もしかしたら香港マフィアの跡取りかもよ？」

なんとなく試すような声で言う。僕は笑ってしまいながら、

「でも、君は君でしょ？」

ドリンクメニューの、ソフトドリンクの欄を指さして、

「お部屋でこっそりとかならともかく、ここではソフトドリンクから選びなさい」

僕が言うと、彼は楽しそうに笑い、ウェイターにお茶を注文している。それから、

「そのかわり、今夜はアキヤの部屋でこっそりお酒を飲ませてくれる？」

僕は少し考える。

……彼はなんだかすごく良い子みたいだし、なんとなく寂しそうで心配になるような。

「部屋に来てもいいけど、お酒を飲めるかどうかは、どうかな？」

僕が言うと、彼は、子供っぽく、ええ～？　と叫ぶ。

大人を気取ってるけどやっぱり子供っぽい様子が、微笑ましい。彼ははしゃいだ声で、

「そういえば、レオンっていうのは、呼び名なんだ。中国語の本名は……」

レオンくんは、『李子俊《チーチエン》』という字をテーブルクロスの上に書く。

リー・チーチュン、と中国語の発音も教えてくれる。僕は不思議になって、

「香港の人って、みんなアメリカ人っぽいセカンドネームを持ってるよね？　それってどうやってつけるの？　クリスチャンネーム？　でも香港は仏教とか道教とかの人の方が多いんだよね？」

「中学校に上がった時、学校の先生が、適当につけたり。だいたいそんなもん」

「えっ？　そんなものなの？」

僕が驚いて言うと、レオンくんは、

「うん。だから自分でつけても変えても別にいい。オレなんかあの頃チビだったから、『フランシス』とか呼ばれちゃって！　弱っちそうだから自分で変えたんだよね」

ムッとした声で言われて、僕は思わず笑ってしまう。

今だってこんなに端整な顔のレオンくん。子供の頃は女の子みたいな美少年だったんだろうな。


僕らの前には、湯気《ゆげ》を立てるたくさんの蒸籠《せいろ》や小皿が並べられていた。エビ蒸し餃子《シンハーカウ》、カニの焼売《ハイウォンゴンシウマイ》、小籠包《シウロンパオ》、叉焼包《チャシウパオ》、野菜を包んだ皮の透き通ったクレープ《シヨンソウチヨウファン》、タロイモの揚げ物《フンソウウーコッ》、それに蓮《はす》の葉に包まれたいい香りのちまき《ホーイッファン》。

僕は、美味しい、香港の味！　と感動し、レオンくんは笑いながら、

「普通、香港人《ヘオンゴンヤン》……あ、香港っ子ってイミだけど……は、飲茶はこんなに点心《ディムサム》ばっかり頼まない。お茶のつまみかお粥《かゆ》のおかずって感じなんだけど。観光客は飲茶が好きだよね」

「うん。日本で美味しい飲茶をしたらけっこう高いし。僕にとってはすごいごちそうだよ」

「飲茶が？　アキヤはもう社会人で、お金持ちなんでしょう？」

「社会人っていってもまだ駆け出しだし、給料だって安いんだ」

僕は苦笑しながら、立派なお店の中を見回して、

「だから、こんなすごいお店でランチなんて、すごく贅沢《ぜいたく》。いつもお昼はファーストフードとかだし」

いつも一緒に仕事をしている悠太郎や、年下の広瀬《ひろせ》くんや柳《やなぎ》くんたちは、精神的にもけっこうしっかりしてる。彼らに比べたら、僕は子供じみてるかもしれない。

それに。十七歳だって言ったレオンくんは、肩幅なんかもがっしりしているし、背が高くて脚が長くて。僕よりも年上に見える。

「別に、アキヤをガキっぽいって言ったわけじゃないぜ？」

彼は僕の顔を覗《のぞ》き込んで言う。それから、

「二十四歳って言ったら、もう大人の仲間じゃないか。だけどアキヤはそんなふうには見えない。だって大人は汚くてずるくて……」

「え？」

僕は少し驚いてしまう。

彼の端整な顔に浮かんでいた、開けっぴろげで子供っぽい無邪気な笑みが消えていた。

そのかわり、その顔にはこの歳にしては、何かをあきらめたような、そして、なんだか疲れたような表情が浮かんでいたんだ。

「どうしたの？」

見つめると、彼はなんとなく苦しげな顔になって、

「オレは大人なんか信じない。でも、もうすぐオレだって大人の年齢になるんだよな」

「僕のまわりで働いている人は、すごくいい人たちだよ。社会人っていったら君の尺度から言えば大人なんだろうけど、ずるくなんかないし、優しくて、包容力があって」

僕は、雅樹の顔を思い浮かべながら言う。

そうだ、彼は大人で。でも、ずるくも汚くもない。

まっすぐで、純粋に美しいものを愛していて。

彼のことを思うだけで、心がきゅっと痛む。

早く、雅樹に会いたい。

「ほんとかなあ？　アキヤは人がよさそうだから……だまされてるんじゃない？」

彼の言葉に、僕は少し悲しくなりながら、

「そんなことないよ。大人になるって、そんなに悪いことじゃないよ」

「ふうん」

彼は少し遠くを見るような顔をして、窓の外を見つめ、それから僕に目を戻して、

「アキヤに会えてよかったかもしれないな。大人になるのはイヤなことじゃないかもしれないってなんだか少し思えそうな気がする」

レオンくんは、その整った顔に見とれるような笑みを浮かべて、

「デザートも選んでおく？　ここはオレが奢《おご》るし」

「だめ。年下に奢らせるわけにはいかない。いちおう社会人だし、僕が……」

メニューを持ち上げながら、僕は年上ぶって言う。メニューを開いて……、

「……あれ？」

そのメニューには、中国語と英語、それにフランス語で、いかにも美味しそうな料理の名前が載っていたけれど……値段なんか一つも書いてなくて……、

「今日はオレがホスト。アキヤはオレのゲストだからそっちのメニューには値段は書いてないよ」

レオンくんが楽しそうに言って、自分のメニューを僕から見えないように開いてる。

「あ、それならそっちのメニューを僕に見せなさい！　案内してもらったお礼に僕が……！」

「だあ～め！　ウエルカム・トゥ・ホンコンってことでオレが……！」

「レオンくん！　だって君、まだ高校生でしょっ？」

僕は言いながら手を伸ばし、レオンくんは笑いながらメニューを差し上げて……、メニューが当たって、クリスタルのグラスが揺れる。

「うわ！」

零れたミネラルウォーターが、真っ白いテーブルクロスに水の染みをつける。

「あ〜あ、こんな高級なお店で〜！　怒られちゃう！　でも水だったから、まだ……」

言いかけた僕は、ささっと駆け寄ってきたウェイターたちに驚いて言葉を切る。

マネージャーらしき蝶《ちょう》ネクタイの男性まで駆け寄ってきたのに気づいて、僕は緊張してしまう。

……子供だけでこんな店に来るな、って怒られちゃう……？

マネージャーは、だけど、僕の予想を裏切って、なんだか怯えたような顔をしていた。

レオンくんに向かって、何か失礼なことでも？　みたいなことを広東語で話しかける。

レオンくんは、なんだか急に不機嫌になって、マネージャーに何かを早口で言う。

それから、うんざりした顔でため息をついて、

「水くらい零したって放っておいて欲しい。せっかく楽しかったのにな」

そっとあたりを見回すと、今の騒ぎで、なんだか僕らに注目が集まってしまったみたい。

食事をしている人たちが、食事をしながらチラチラこっちを見てるから、居心地が悪い。

レオンくんは、なんだか怒ったような顔で、

「持ち帰りを頼んだから。そろそろ出よう、デザートはほかの店にしよう」

「えっ？　うん。いいよ」

僕は答えながら、ウェイターやマネージャーのヘンな怯え具合と、レオンくんを見るまわりの人の恐れと好奇心の入り交じったような目に驚いていた。

……レオンくんって、いったい何者……？


僕らは、上環《ションワン》という場所にいた。香港の中でも古い町並みを残した庶民的な地区みたい。蒸籠やザルを山のように積み上げた竹細工屋さん、ダックのローストや腸詰めをたくさん吊《つ》るした加工肉屋さん、前を通るだけで不思議な香りのする漢方と乾物を売るお店、お寺が近いのか三角錐《さんかくすい》の渦巻き状のお線香やお札を並べた仏具屋さん、なんかが軒《のき》を連ねている。

僕らが入ったのは、見逃しそうな入り口を持つ、小さな食堂みたいなお店だった。タイル張りの床、高い天井。ひんやりと薄暗い店内の空気を、古い木製のファンが、ゆっくりとかき回している。

古めかしい木のテーブル、座ったらガタガタいいそうな木のイス。

壁には額に入った中国の神様の絵、店の隅にはろうそく形のランプがともされた小さな神棚。

いかにも、香港に昔からある、庶民的なお店、って感じ。なんか楽しい。

店の隅のテーブルでは、中国人のおじいちゃんたちが集まって麻雀《マージャン》みたいなものをやってる。

冷房がないみたいでドアが開けっ放し。おじいちゃんたちはランニングシャツに膝《ひざ》までの半ズボン。

だけど、ちょうど風が抜けるせいか、店の中はけっこうひんやりとしている。

お店を見回すと、赤い紙に墨字で書かれたメニューが、壁に貼られている。

日本の当用漢字にないような難しい字もあったりして意味はよく解らないけど、よく見ると「糖」とか「果」とか「蜜」という文字が目立つ。食堂じゃなくて、喫茶店、って感じなんだろう。

おじいちゃんのうちの一人の膝に座って、退屈そうにしていた小さな男の子が、こっちを振り向く。くるんとした黒い瞳の、すごく可愛《かわい》い男の子だ。

彼が、広東語らしい言葉で嬉《うれ》しそうに何かを叫ぶ。

親しげな口調、レオンなんとか、って聞こえたから、たぶん「レオンお兄ちゃん！」みたいな感じのことを言ったんだろう。

レオンくんは楽しそうに何かを言い、駆け寄ってきたその子を抱き上げる。

片手にレストランの紙袋、もう片手にその子を横抱きにして、空いているテーブルに着く。

それにならって木のイスに座った僕を、男の子がじぃ〜っと見つめてる。

それから、彼はそのプクンとしたほっぺを赤くして、レオンくんに何かを耳打ちする。

レオンくんが吹き出しながら、

「こいつ、まだ四歳なのにマセすぎっ！」

「なに？」

「絵本に出てきた天使みたいに綺麗だから、お嫁さんにしたいってさ」

その言葉に僕も笑ってしまう。それから自分の胸を指さして、

「僕は、晶也。君は？」

「ぼくのこと、ティムって呼んでね」

たどたどしい日本語で言う。驚いている僕に、レオンくんが、

「ティムのお母さんは、日本語ができるんだ。日本で働いていたことがあるからね。オレ、彼女に日本語を教わったんだよ」

「へえ」

関心している僕の膝に、ティムと名乗った彼が、おずおずと触れてくる。

「ティムは偉いね、僕なんか広東語を一言も話せないのに」

言うと、ティムは僕を見上げて、恥ずかしそうににっこりと笑う。

「よろしくね」

僕が差し出した右手を、ティムが小さな手できゅっと握る。

あんまり可愛いから、思わずきゅっと握り返すと、彼はますます照れたような顔になる。

それから、いきなり僕の腰に手をまわし、そのまま、ぎゅううっと抱きついてくる。

「あ、うらやましいな、なに抱きついてるんだよ！　でもアキヤに目をつけたのはシュミいいぞ！」

レオンくんが言うと、ティムは僕に抱きついたままできゃっきゃっと笑う。

厨房のドアが開いて、四十歳くらいの女性が顔を出す。

「坊っちゃん、日本人のお客様？　まあ、ティム！　お客様に何やってるの！」

綺麗な発音の日本語。テーブルの上の、レストランの紙袋を見て、

「坊っちゃん、また食べ物を持ち込んで！　うちの店をなんだと思ってるんです？」

笑いながら、僕らのために小皿とプラスティック製の長いお箸《はし》を用意してくれる。

「アーヨクが点心を作ってくれれば、わざわざあんな店まで行って仕入れてこないよ」

親しい人を呼ぶ時、中国南方では名前の最後の文字を取り、その前に「阿《アー》」という字をつけて、愛称にするって聞いた。ってことはこの女性は、レオンくんの？

レオンくんは、木のテーブルの上に『阿玉』という字を書いて、

「阿玉《アーヨク》は、オレの乳母《うば》だった人なんだ。だからティムとオレは兄弟みたいなもの。本当の兄貴もいるけど、全然気が合わない。だって守銭奴《しゅせんど》でやなやつなんだもん」

レオンくんは言う。その言いぐさに、なんとなくガヴァエッリ・チーフを思い出す。あの人も、お兄さんのマジオ副社長と仲が悪くて、いつも『あの守銭奴』って言ってるよね。

「お洒落《しゃれ》なところに連れて行っていいとこ見せようと思ったのに。ごめん、こんな暑いとこで」

レオンくんが、ティムにも飲茶を食べさせながら言う。僕は笑ってしまいながら、

「ううん。観光旅行だとなかなかこういうお店に出会えないから、楽しいよ」

阿玉さんが、お茶のポットと、木でできた手桶《ておけ》みたいなものを持ってくる。ティムが嬉しそうに歓声を上げる。手桶の中には、薄い卵色のプリンみたいなものが入っていた。

「これは、なんですか？」

彼女は早口の広東語で何かを言い、聞き取れなくて目を丸くした僕のために漢字を書いてくれて、

「『氷花燉鶏蛋《ベンファダンガイダン》』。暑い時におすすめなのよ」

言って、プリンみたいなものをおたまで深いお茶碗《ちゃわん》に取り分けてくれる。

食べてみると、さっぱりした甘さで、すごく美味しい。

「美味しいです！　すっごく！」

僕が言うと、阿玉さんは嬉しそうに笑って、また厨房《ちゅうぼう》に戻っていく。レオンくんが、

「ねえ、アキヤ！　これからどこ行きたい？　ビクトリアピーク？　オーシャンパーク？」

僕は少し考えて、

「僕、日本でジュエリー関係の会社に勤めてるんだ。翡翠がたくさんあるお店を見たい」

「えっ？　ジュエリー関係？」

レオンくんはなんだかものすごく驚いたみたいな顔をして僕を見つめ、それからふと笑って言う。

「……あ、いや。ジュエリー関係の会社っていっても、たくさんあるしね……」

「え？　誰か知り合いが、そういうお仕事をしているとか？」

僕が聞くと、彼は、まあね、と小さく言う。それから身を乗り出して、

「それならオレが案内してあげる。で、どういう翡翠？　香港にはたくさん翡翠の店があるよ。ジュエリーとして宝石店に並ぶやつから、おみやげ用のハンコにするようなやつまで」

「うう～ん、おみやげ用のハンコは、見なくてもいいんだけど……」

僕は苦笑してから、少し考える。

宝石店に行けば、翡翠を使ったジュエリーはたくさんあるだろう。

でも、今回、雅樹が受けたあの依頼は、普通の宝飾品じゃない。

『李家の翡翠』、伝説の石。

だから、従来の、まわりをダイヤで取り囲んだチョーカーみたいな、普通の発想は通用しない。

何か……一目見ただけで誰もが驚いてしまうような。でも、決して下品なこけおどしになってはいけないし。

……すごく難しい注文だよね……。

僕は思わずため息をつく。

雅樹が苦しむのもムリはない。僕だったら依頼を聞いただけであきらめてしまいそう。しかも雅樹は、会社の名誉のため、なんてプレッシャーを背負って。

でも雅樹は、その仕事に果敢《かかん》に挑んでいて。

苦しみ、悩みながらも、素晴らしいデザインを生み出そうとしていて。

僕は何もできないけど、雅樹のために何かできることって……。

「翡翠なら、ジェイド・マーケットに行けば山のようにあるよ」

レオンくんが言う。

「売ってるのは、それこそハンコにするようなものがいっぱいだけど。翡翠の卸問屋《おろしどんや》とかもある。でも……翡翠の買い付けなら、ちゃんとしたプロに付き添ってもらった方が……」

「別に買い付けをするわけじゃないんだ」

僕は、少しでも雅樹の役に立ちたかったんだ。僕が集めて持ってきた資料は、たいした量はなかった。日本で翡翠の商品を探すのは、やっぱりすごく大変だったから。

……だけど、香港なら。

雅樹は、香港の歴史の本とか、中国の美術品の本とかをたくさん資料室から借りていた。それから、多分、大型のショッピングセンターには足を運んでいるだろう。だから、彼がまだ見ていなさそうなものっていったら……、

「できるだけたくさんの翡翠の商品が見たいんだ。原石でもいいし、できれば香港の人に受け入れられているモチーフが見られれば、一番嬉しい」

僕が言うと、レオンくんは少し驚いた顔をして、

「翡翠の話をしている時のアキヤって、別人みたいな顔をする」

「えっ？」

僕は驚いて、それから赤くなる。

「ごめん、僕、夢中になっちゃって……」

「宝石みたいにキラキラ光る、すごく綺麗な目をしてる」

レオンくんは、ふと笑い、僕に手を差し出す。恐る恐る差し出した僕の手をきゅっと握り、そのまま引っ張るようにして、僕をイスから立たせてくれる。

「……行こう！　香港で翡翠が一番たくさんある場所を見せてあげる！」

「やっぱり、すごいなあ。日本ではほとんど翡翠の商品は見られないし、あっても高価すぎて、なんだかお年寄りしか買えないってイメージで……」

ジェイド・マーケットを見た後。僕は街の文房具屋《ぶんぼうぐ》さんに寄って、スケッチブックを買った。小学生が図工の時間に使うような、紙質の悪いものだったけど、スケッチにはじゅうぶんで。

僕は道端に立ったまま、今見てきた色々な翡翠の商品を、スケッチブックに描いていた。レオンくんが僕の手元を覗き込んで、驚いた声で、すっごく上手だ、と呟いてから、

「香港では、翡翠は幸福を呼ぶ石だよ。香港の人はみんな翡翠が好きなんだ」

楽しそうに言う。

「うちにも、一つ、翡翠がある。おじいちゃんが大切にしていた、綺麗なやつ」

「へえ。身近に翡翠があるなんて、すごいね。香港の人って本当に翡翠を愛してるんだ。レオンくんは、おじいさんの大切にしていたその翡翠、好き？」

「うん。好きだよ。あれを見ていると、なんだか天国にいるみたいな気がしてくるんだ」

「天国？」

「そう。その翡翠は透き通ったものすごく綺麗な緑色で、吸い込まれそうになる。まるで、天国にある花園。その中にある、深い湖のほとりにいるみたいな気分になるよ」

「そんなに綺麗なら、きっとすごくランクの高い石だね。おじいさんと一緒に、大切にしなきゃね」

僕が言うと、レオンくんの表情がふと曇《くも》る。彼は暗い声になって、

「おじいちゃんは亡くなったんだ。そしたら、うちの家族はその翡翠を売って、外国に引っ越そうって言い出した。この香港を捨てて。……オレ、信じられなかったよ」

悲しげな口調に、胸が痛む。僕は、

「ごめん、僕、余計なこと言ったみたい」

レオンくんはかぶりを振って、なんだか泣き出しそうな目で僕を見る。

「オレも、アキヤみたいに絵が上手ならよかった。そうしたら有名なジュエリーデザイナーになって、たくさんお金を稼いで……あの翡翠を売ったりなんか絶対にしなかった。でももう遅いんだ」

「レオンくん。君はまだ十七歳だし、これからきちんと勉強して、働いて、お金を貯めることもできるはず。もう遅いなんてことを言って、あきらめたりしちゃだめだ。翡翠だって、いっぺん売ってしまったとしても、買い戻すことだって不可能じゃないと思う」

言うと、レオンくんは驚いたように僕を見て、

「そうかな？」

「うん。翡翠を売る場所は、きちんと選んだ方がいいと思うけど」

「そうか！」

レオンくんは急に元気になって、いきなり僕をぎゅっと抱きしめる。

「ありがとう、アキヤ！　オレ、希望が湧いてきた！　アキヤは本当に天使みたいだ！」

僕は少し驚いたけど、彼をもっと元気づけたくて、その背中にそっと手をまわした。

「アキヤって抱き心地いいな。女の子みたい。……ねえ、キス、していい？」

僕の髪に顔を埋《うず》めたまま、レオンくんが囁《ささや》く。僕は、こんなことを言うところまで悠太郎そっくり、と思って笑ってしまいながら、

「ダメ！」


僕らはその後、裏道にある小さな中国風のお寺に行った。

日本のお寺は、初詣《はつもうで》以外はおじいさんやおばあさんしかいないっていうイメージがあるけど、香港の人たちは信仰心に厚くて、お寺にはスーツ姿のサラリーマンや、女子大生っぽいグループがお祈りをしに来ている。仕事の成功や、恋の成就《じょうじゅ》なんかも、気軽にお願いしていいらしい。

門前のお店で、二十本ほどの束になったお線香と、赤や金色の派手なお札を買う。

境内《けいだい》にあるランプでその束に火をつけて、煙をたなびかせながら本殿に進む。

本殿には、大きな渦巻き形お線香がたくさん下げられていた。赤で統一された祭壇《さいだん》や仏像、中国風の装飾は、すごく凝っていて見るだけでも面白い。

レオンくんがさっき買ったお札を本殿の前の地面に置き、お線香を掲げて三礼する。

僕はよく解らないながらも、彼の真似《まね》をしてみる。

「ここで、願いごとを唱えるんだよ」

レオンくんが僕に小声で言ってから、広東語で何かを唱える。僕は、彼に聞かれないように心の中で祈る。

……雅樹が、早く元気になって、素晴らしい作品を描けますように……。

雅樹の憔悴《しょうすい》しきった顔を思い出して、心が痛む。

命と引き替えにしてもいいくらい、彼が愛しい。

こんな気持ちをきっと、愛してる、って言うんだろう。

レオンくんの真似をして三礼し、本殿を後にする。レオンくんは、

「この後、このお線香を香炉《こうろ》にさしてまわるんだけど、全部いっぺんにさしちゃダメだよ。三本ずつ、できるだけたくさんの香炉にさす方が、願いが叶《かな》う確率が高いんだって」

……ああ、僕の願いが、叶いますように……。

「ええと。僕、ここで知り合いを待つから。レオンくんはもう……」

僕らは、アイランド・シャングリラのロビーにいた。まだ新しくて綺麗な高層ホテル。中央のアトリウムの壁には、巨大な中国風の壁画が描かれている。

「でも、その人って何時に帰ってくるかわからないんでしょ?」

レオンくんは、ロビーのソファにすっかり落ち着きながら言う。

そう。僕はフロントに行って、雅樹が部屋にいるかどうかを調べてもらった。

『マサキ・クロカワ』という人は確かにチェックインしていると言われて、すごくほっとしたけど、彼は朝早くに出かけたままで。もちろん、何時に帰ってくるかなんて解らなくて。

「オレを追い返そうとするってコトは……アキヤが会おうとしてる人って恋人でしょう！」

「えっ？」

「ほら、赤くなった！　バレバレだよ！」

レオンくんはのんきな声で言う。それから僕を見て、

「大丈夫！　その人が来たら言ってよ！　オレ、お邪魔にならないようにすぐ消えるから！」

僕は、雅樹と一緒のところを人に見られるのはやばいかな、と思いながらも、一人でここで待つのは寂しすぎて、つい「もう帰って」と言えない。

……雅樹の姿がエントランスに見えたら、すぐにレオンくんには帰ってもらおう……。

……雅樹、今頃、どこにいるのかな……？

雅樹のことを思ったら、またつらい気持ちになる。

彼は、世界的に有名なデザイナーで、才能に溢れていて、そのうえあんなにハンサムで。

あんなに素晴らしい人が、僕みたいな平凡な人間の恋人になってくれたこと自体、信じら

れないくらい幸せなことだ。

だから、悩んでいる彼のために何もできない僕なんか、飽きられても当然で。

心臓に何かが刺さったかのように、胸が激しく痛む。

雅樹は、まだ僕のことを愛してくれてるだろうか？

雅樹の愛を失ってしまったら、僕はこれからどうやって生きていけばいいんだろう？

「アキヤ？　アキヤ？　どうかした？」

その声に、僕はハッと現実に引き戻される。レオンくんは僕を覗き込んでいて、

「なんでそんなにつらそうな顔するの？　もしかして、その人と喧嘩中とか？」

その心配そうな声に、僕はむりやり笑ってみせて、

「喧嘩したわけじゃない。僕の恋人は才能のある人で、半端な仕事をすることが許せない。今、難しい仕事にかかりきりで、とても苦しんでるんだ」

僕は、雅樹の憔悴しきったような横顔を思い出して、ため息をつく。

「だから、つい心配になって会いに来ちゃった。仕事の邪魔する気はないんだ。少しだけ会って、ちゃんとごはんを食べて、少しは寝て、って言って。その人が元気なことを確かめたら日本に帰る」

レオンくんは、呆気《あっけ》にとられた顔で僕を見つめ、

「それだけ？　それだけのために日本から香港まで？」

「うん。自分でもバカみたいだって思う。それにその人にとっては迷惑なだけかも。やっぱり、会わずに帰ったほうがいいかも」

「そんなのだめだ！」

突然叫んだ彼に、僕は驚いてしまう。彼は半分立ち上がるようにして身を乗り出して、

「アキヤみたいな人に、そんなに想われて、迷惑なわけがない！　ちゃんと会わなきゃだめだ！」

「でも……」

なんだか、思えば思うほど、雅樹に迷惑をかけるだけのような気がしてきてしまう。

……そうだよ、僕って本当にバカみたい。

……仕事に集中したくて香港まで来た彼を、わざわざ追いかけてきちゃうなんて。

……そうだ、もしかして、僕がいない場所に行きたかったのかもしれないのに。

「や、やっぱり会う勇気がなくなっちゃった」

僕は、足元に置いていた荷物を持ち上げて、

「レオンくん。会えて嬉しかった。……やっぱり僕、日本に帰るよ」

「どうしたの、アキヤ？」

レオンくんが言い、それから何かに気づいたように、

「もしかして、アキヤの恋人ってけっこう冷たい人なの？　アキヤが香港まで追ってきたな

んてわかったら、わざわざ来るな、って怒るような？」

「えっ？　もちろんそんなことは……あっ！」

僕は思わず声を上げた。視界の端、エントランスから入ってきた背の高い男の人。図書館に行って来たのかな？　豪華な装丁の大きな本を、何冊も抱えてる。仕立てのいいサマースーツ。無造作にゆるめた趣味のいいネクタイ。背が高く、がっしりした肩と、引き締まった腰、長い脚。

そして、見とれるようなハンサムな顔。

……雅樹……！

胸がきゅっと痛む。

いつもきちんと整えられている髪が乱れている憔悴しきったような頬が、少し削《そ》げたように見える。

苦悶《くもん》の色を浮かべた、その男らしい眉。獰猛《どうもう》に光る黒い瞳。

なんだかものすごくセクシーで、こんな時なのにドキリとする。

彼に会わずに帰らなきゃ、と思ったのに、僕の身体はもう言うことを聞かず。

「……レオンくん」

言った声までかすれてしまって。

「色々案内してくれて、どうもありがとう」

「え？　え？」

レオンくんは慌ててロビーを見回して、

「どうしたの？　もしかして恋人が？」

「うん」

「それならよかったけど。ちゃんと逃げないで話をするんだろ？」

僕は、迷いつつうなずく。

自分はすごく意志の弱い人間だと思う。

だけど……彼の顔を見てしまったら、愛しくて、このまま日本に帰るなんてできそうになくて。

「僕、ここで失礼するね。会えてよかった」

僕は言って、荷物を抱きしめて立ち上がる。レオンくんも慌てたように立ち上がり、

「その人、仕事があるんだろ？　今日の夜とか、アキヤは時間が空くんじゃやない？」

「わからない。僕は別のホテルを探して泊まるか、すぐ日本に帰るかもしれないし」

「それでもいい。……今夜九時にここに来る。このまま別れたくないんだ。何時でもいいから来て」

僕は断ろうとするけど、レオンくんの顔はなんだか必死で。僕は、

「本当に来れるかどうか……九時に来なかったら、僕は来られないと思って、帰ってくれ

る？」

言うと、レオンくんはうなずく。それから、邪魔しないって約束だったよな、って少し寂しそうに笑って、そのままロビーを駆け出す。

僕は、ほとんど上の空でその後ろ姿を見送り、フロントの方に目を移す。

フロントでキーを受け取っていた雅樹が、気配を感じたかのように、ふとこっちを振り向いた。

僕は、彼と目が合っただけで、泣いてしまいそうになる。

……ああ、僕、やっぱり、こんなに彼のことを愛してる……。

MASAKI 8

「……晶也……」

俺は呆然と呟いた。

俺のまわりから、香港の喧噪《けんそう》も、ホテルのざわめきも……全てが消えた。

俺は、晶也が初めて俺の部屋に来た早朝を思い出していた。

あれは真冬だった。彼はコートの裾《すそ》を翻し、寒さに凍えながら俺を待っていて。

しなやかな身体《からだ》、美しい顔、そして真摯《しんし》な眼差《まなざ》しは、あの朝と同じ……、

……俺は、晶也を愛《いと》おしく思うあまりに、ついに幻《まぼろし》まで見るようになってしまったのだろうか……？

その幻のように美しい彼は、ゆっくりとロビーを横切って近づいてきて……、

「……雅樹……」

語尾の少しかすれた、優しい甘い声。

「お久しぶりです……じゃなくて……お疲れさまです……っていうのもヘンですし、ええと

……」

そしてその声に似合わぬ、なんだか間の抜けた言葉。

「あの……こんにちは」

晶也は、困ったような顔で俺を見上げながら言う。俺はまだ信じられずに、

「……晶也……どうしてここに……？」

「ガヴァエッリ・チーフがあなたが泊まっているホテルを教えてくださったんです。……ってことじゃないですね。ええと……あなたにどうしても会いたくなって……」

彼は言ってから、つらそうな顔で俺から目をそらして、

「……すみません。お邪魔ですよね。すぐ日本に帰ります。本当はもう帰るつもりだったんです。でも、あなたの姿が見えたら、つい……」

……方向オンチで、日本でも、慣れない場所ではすぐに迷ったり、知らない男に連れ去られそうになってしまう晶也。

……なのに。俺に会いに、香港まで……？

「いつ香港に着いた？　迷ったり、危ない目にあったりはしなかった？」

「今日のお昼前くらいです。親切な男の子が送ってくれて、危ない目になんか全然……」

それから、今にも泣きそうなため息混じりの声で、

「あの、すみません、ここで話しているだけでも時間がもったいないですよね。僕、エアポ

ートに行って、早い便を探して……」

「……君が来て、俺は救われた」

「……え？」

「……会いたかった、晶也」

言った俺は、いかに自分が晶也の存在を切望していたかを、あらためて思い知る。

「……雅樹、僕も……」

晶也の、美しい琥珀《こはく》色の瞳がジワリと涙に潤《うる》む。

「……僕も、あなたにすごく会いたくて。あなたのこと、心配でたまらなくて……」

かすれた声で言った彼の頬を、涙が煌《きら》めきながら一筋流れ落ちた。

「あっ、なんでこんなところで泣いてるんでしょう？　格好わるいですね」

泣き笑いの表情で言って、慌てて手で涙を拭う。俺は笑ってしまいながら、

「泣きたかったのは俺の方だよ。君にひどいことをして嫌われてしまったかと……」

「……嫌っている人に会いに、わざわざ香港まで来るわけがないでしょう……？」

晶也は、まっすぐに俺を見上げる。それから、まるで天使のように慈悲深い笑みを浮かべて言う。

「……愛してるから、あなたに会いに、飛んできたんです」

俺の中に、黒く渦巻いていた苦しみが、ふっ、と軽くなるような気がする。

……ああ、晶也……君は、俺にとっては、本当に救いの天使だ……。


「ただの走り描きですから、参考にはならないと思うんですけど……いちおう……」

晶也は、スケッチブックを見ている俺に、照れたような声で言う。

昼間、晶也は香港の裏道を巡り、香港の人々の暮らしに触れていたらしい。

彼のスケッチしてきた翡翠の商品は、俺が巡った高級なブティックではとても見られないような、不思議、かつ大胆なモチーフばかりで。

俺は、香港の庶民の発想の豊かさとパワーに、思わず圧倒されていた。

……あの『李家の翡翠』は、こんなに神秘的で、パワフルな場所で、長い長い時を過ごしたんだ。

「……ただ上品なだけのジュエリーは、この場所では通用しないのだろうな」

俺は、晶也のスケッチブックをめくりながら呟いた。

「……だが、あまりにも突飛なモチーフにすることは、ガヴァエッリとしては許されない」

「そうですね。とはいえ、オーソドックスな要素ばかりでも、色が上品な翡翠は古くさいイメージに固まってしまいがちですし」

難しいですね、と呟いて、晶也がため息をつく。

俺は、あの翡翠を思い出しながら、

「しかも『李家の翡翠』はあまりにも鮮やかなエメラルドグリーンをしていて、どの地金《じがね》を使用すればいいのか、見当がつかない。香港と言えば二十四金が有名だが、あの色と二十四金はあまりにもクドい。十八金でも下品になるくらいだ。しかしプラチナではあまりにもおとなしすぎる」

「それじゃ……地金にはなにを使えばいいんでしょうね……？」

俺は、ガヴァエッリの香港支店の地下金庫から借りてきたサンプルを思い出しながら、

「地金に関しては、少し考えがある。しかし、どんな商品をデザインしていいのかわからないんだ」

俺はため息をついて、

「俺の予想では、『ヴォー・ル・ヴィコント』は、オーソドックスにチョーカーでくると思う。あそこは超高額の宝石を世界一たくさん所有している会社だが……緑色の石は、たいてい最初はチョーカーにセットする。アラブの富豪がつけそうな豪華なものにね」

晶也は考えるように視線を上に向け、宝石図鑑に載《の》っていたものを思い出したのか、

「あっ、そうですね！　エメラルドの『ジュピター・アイ』も『ホルス』も両方ともチョーカーになってます！」

俺はうなずいて、

「正解だ。そして、『R&Y』は、ミステリー・クロックでくるだろう」

「そういえば、最近、超高額のミステリー・クロックのシリーズをたくさん出しましたね」

ミステリー・クロックは、王宮に納《おさ》められるような豪華な飾り時計のことだ。

もともとは、文字盤の上に宝石が浮いて見えるような神秘的なデザインで有名になった。

『R&Y』では、最近、手持ちの超高額の宝石を使って、復刻版《ふっこくばん》の豪華なミステリー・クロックを作り、ニューヨークやパリの店のシンボルにしている。

『R&Y』香港支店のシンボルに、『李家の翡翠』のミステリー・クロックを、とアラン・ラウが考えているのが手に取るように解る。

「ガヴァエッツリは、ほかの二社とは違い、博物館に飾られてもいいような天文学的価値の宝石を所有したことがない。そういう宝石でシンボルになる商品を作るのは……これが初めてなんだ」

「じゃあ、一回限り、みたいなモチーフにするわけにはいきませんよね。この先、やっぱりそういう価値の石を買い取れたとしたら、第二弾を作るんでしょうし……」

「必然性のあるコンセプトに的を絞らなければならない。しかし、ガヴァエッツリ・ジョイエッロ、香港、そして李一族に、なんの共通点も見いだせない」

俺は、窓の外、夕暮れの香港の夜景をぼんやりと見つめて、深い深いため息をつく。

「ガヴァエッツリ・ジョイエッロは、遠い極東《きょくとう》に来た……招かれざる客なのかもしれないな」

「……雅樹……」

晶也が悲しげな声で言い、それから、いきなり立ち上がって拳《こぶし》を握りしめ、

「だっ、だめですっ！　マイナスのことを考えるとドツボにハマッてしまいます！　ええと、前向きに考えなきゃ！　前例がないってことは、どんな発想の自由も許されるってことで！」

思い切り叫ぶ。またナーヴァスな気分にはまりそうになっていた俺は、思わず笑って、

「……そうかもしれないな」

「ガヴァエッツリ・ジョイエッロと香港の共通点……は難しそうだから……李家とガヴァエッリ・ジョイエッロの共通点は……李家も、ガヴァエッツリ家も、大金持ちってことでしょうか？」

「まあ、李家には複雑な事情があるようだけれどね」

「そういえば、僕らも資料を見て、『李家の翡翠』についてちょっと勉強したんです。李一族の起源は、中国大陸の端に小さな国を所有する王様だったとか……？」

「李一族の人間に言い伝えられているだけだと聞いた。真偽《しんぎ》のほどはもちろん確かではないけれどね」

俺は肩をすくめ、それからふと思い出し、

「言い伝え、か。そういえば、アントニオが、ガヴァエッリ一族の起源は、北イタリアに領地を持つ領主様だったとか。『だから私はある意味王様だ』といい加減なことを言ってたことが……」

「……え？」

俺と晶也は、同時に顔を上げ、目を見合わせた。多分、同じことを発想していたのだろう。

……もしかしたら、これは……。

AKIYA　9

雅樹は、ダイニングテーブルで、さっきからずっとクロッキーを描き続けてる。

リビングのソファから、開いたままのドア越しに、僕は雅樹の横顔を見る。

雅樹が集中しているのを見て、なんだかすごく幸せな気分になる。

凜々《りり》しい横顔、迷いのない筆の動き。

彼はその美しい指先から、信じられないほど素晴らしい作品を生み出してくれるに違いない。

……きっと、大丈夫だ……。

あの翡翠は、雅樹のデザインにセットされることになる。僕は、そう信じてる。

雅樹が言った、君が来てくれて俺は救われた、って言葉を思い出す。

胸が熱くなって、なんだか泣いてしまいそう。

僕はソファから立ち上がって、ダイニングとの境目のドアを音を立てないようにそっと閉める。

窓の外には、夕暮れの最後の光に照らされた、香港。

ともり始めた色とりどりのネオン。それを映して煌めくビクトリア湾。

……すごく綺麗……。

僕は窓ガラスに額をつけ、その美しい光景に思わず見とれた。

……勇気を出して、来てよかった……。

視界がふわりと滲《にじ》み、ふいに、頬をあたたかいものが滑り落ちた。

「……あ……」

初めて気がついたけど、僕はなんだかすごく安心したらしい。

雅樹の、迷いのない清々《すがすが》しい表情を見て。

そして、彼に嫌われたわけではないと解って。

「……な、なんで泣いちゃってるんだろう、僕……」

僕は一人で苦笑して、涙を拭《ぬぐ》う。そして窓ガラスに張りつくようにして街を見下ろす。

「……あ……！」

ホテルから道路を一本隔《へだ》てたところ。赤い看板のある小さなレストランらしき建物がある。

店の前にはもうもうと湯気が上がり、人がひっきりなしにお店に入っていく。

「雅樹、せっかく香港に来たのに、ルームサーヴィスのごはんくらいしか食べてないんだろうな」

僕は、昼間食べた美味しい飲茶の味を思い出す。

「香港では、混んでいるお店が美味しいって聞いたことがある。あのお店、流行《はや》っていそうだし」

僕は鞄《かばん》からお財布を出してポケットに入れる。

……飲茶のテイクアウトをして、夕食には、雅樹にそれを食べさせてあげよう……！

メモを破いて、腕時計を見る。『夕食の買い出しに行ってきます。八時に戻ります』と書き、ローテーブルに置く。

雅樹がフロントから取り寄せてくれた予備のキーをポケットに入れ、僕は部屋を出た。

エレベーターでロビーフロアに下りながら、僕は思う。

……まだ七時。雅樹は集中しているみたいだから、少し外を散歩して時間を潰《つぶ》してこようかな？　レオンくんに案内してもらったおかげで、すっかり香港になじんだ気分の僕は、余裕でそんなことを思ってしまう。

「九時にロビーに来て」って言ってくれた、レオンくんの言葉を思い出す。

……せっかく夜遊びに誘ってくれたけど、夜は雅樹と一緒にいたい。

……彼が仕事をしてる間、隣の部屋にいるだけでいい、そばにいたいんだ。

……だから、僕は一緒に遊びには行けないよ。ごめんね。

あんなに親切にしてくれたレオンくんともう会えないなんて、少し残念。

……九時にロビーに行って、彼の住所だけ聞こうかな？　日本からお礼の手紙を出せるように。

僕は思いながら、ロビーに踏み出し……そして、その場に立ち止まった。

さっきまで僕らが座っていたロビーのソファ。そこに座って、こっちを見つめていたのは……、

「レオンくん？」

「アキヤ！」

彼は、僕がいきなり出てきたことに驚いたように目を見開き、それから立ち上がる。

「どうしたの？　今、七時だよ？　まさか、ずっとここにいた？」

言うと、彼はなんとなくもの言いたげな顔でうなずく。僕は驚いて、

「どうして？　僕、来られるかわからないって言ったのに」

「でも来た。行こう、アキヤに話があるんだ」

僕の腕を取ろうとするレオンくんから、僕は一歩後ずさって、

「あのね、ごめんね、レオンくん。……僕、夕食を買いに出てきただけなんだ。すぐに部屋に帰らなきゃ。だから、君と今夜、遊びには行けないんだ」

「……え？　じゃあ、明日とかは……？」

「恋人と一緒にいる。だから遊びには行けない」

レオンくんの顔が曇り、それからなんだかものすごく寂しそうな顔になる。

「ごめんね。君の住所を教えて。日本に帰ったら手紙を出すから……」

言いかけた僕の腕を、レオンくんがいきなり強い力で摑んだ。

「アキヤ、翡翠をたくさん見たいって、さっき言ってただろう？」

「えっ？　あ、うん。だけどもうたくさん見たし……」

「普通の人じゃほとんど見ることのできない、すごい翡翠を見せてあげるのを忘れてたんだ。アキヤに見せたいんだ」

「えっ？　すごい翡翠？　見たいかも！」

雅樹は、僕の拙《つたな》いリサーチの報告スケッチを喜んでくれた。だから……、

「ええと。あまり時間がないんだ。一時間くらいで帰りたいんだけど……大丈夫かな？」

「うん、それだけあればじゅうぶんだよ！　すぐに帰してあげるから！」

レオンくんは言って、ぎゅっと僕の肩を抱いて歩き出す。

……八時までに戻ってくれれば、雅樹に心配かけたりは、しないよね……？

MASAKI　9

俺はクロッキー帳を閉じ、身体を伸ばしてため息をつく。

デザイン画を描くのはこれからだが、だいたいのデザインは決まった。

……晶也のおかげだ……。

俺はダイニングのイスから立ち上がる。

……もしかして、晶也はおなかをすかせているかもしれないな。

ドアを開け、リビングに入る。が、晶也の姿がない。

「……晶也……？」

旅の疲れで寝てしまったんだろうか？　と思った俺は、ローテーブルの上のメモに気づく。

『買い出しに行ってきます。八時に戻ります』

時計を見ると八時半。

晶也は、仕事をしている俺に気を使って、ロビーあたりで時間を潰しているのかもしれない。

俺はルームキーと財布だけを持って、部屋を出る。

ロビーフロアに下り、晶也を探す俺に、顔見知りになった若いベルボーイが近づいてくる。純朴《じゅんぼく》そうな顔をした彼は、少しクセの強い英語で、

『ミスター・クロカワ。お連れの方なら、先ほどおでかけになりましたよ？』

『出かけた？　一人で？』

『いえ、あの……』

彼は少し言いにくそうに声をひそめ、

『李家のお坊ちゃんが一緒でした。肩を抱いて。ですから、なんだか心配で……』

『李家の？　レオン・リーと一緒だったのか？』

呼び捨てにした俺に、彼は少し驚いたような顔をする。それから、心配そうな顔になって、

『あのお坊ちゃんは、最近、黒社会《ハク・セーウイ》と関係して馬仔《マーチャイ》になったのではないかという噂《うわさ》もあるので……もちろん私は信じていないですが……でもあなたのお連れの方はすごく綺麗で、だから……』

『黒社会』は香港の犯罪組織の総称、『馬仔』は組織のチンピラという意味で使われる。

……晶也……。

俺の胃のあたりから、スッと血の気が引いていく。

脳裏を、まだ少しも描けていない翡翠のデザインのことがよぎる。

明日の午前九時までにあれを描き上げないと、俺は勝負から逃げたことになる。

職人に渡すための設計図に近いデザイン画なら、そんなに時間はかからないが、コンペティションに提出するなら、きちんと色づけをした、イラスト状のデザイン画を仕上げなくてはならない。

美しいだけではなく、作りが解るように爪《つめ》の一本一本まで描くのがジュエリーデザインの基本的な決まりだ。そして……リアルなイラスト状のデザイン画を描くのには、とても時間が要る。

本当なら、すぐにでも部屋に戻って描き始めるべきだろう。

俺が勝負から逃げたら、日本支社デザイナー室は……？

……しかし。

俺は、晶也を取り戻すために、ロビーを走り出した。

……俺は、晶也を失うわけにはいかない……！

AKIYA 10

……本当に、ものすごいお屋敷……。

僕はあの後リムジンに押し込まれ、山道を上って……ここまで連れてこられてしまった。

僕は、部屋の高い高い天井を見上げて、映画で見た紫禁城《しきんじょう》の内部を思い出していた。

昔は鮮やかな朱《あか》だったと思われる、だけど今は年月に黒ずんだ柱。

鏡のように磨かれた、中国風の螺鈿《らでん》細工のイス、そして同じ螺鈿細工で精緻《せいち》な模様が描かれたローテーブル。

とてつもなく高価なことが窺《うかが》い知れる、書や掛け軸が惜しげもなく壁に飾られている。

そこかしこに染みついているようなお香の香りが、ますますここを不思議な空間にしている。

一面の窓の向こう、優雅な手すり越しに見えるのは、香港の夜景。

完璧《かんぺき》に空調され、目が眩《くら》むほど高価なもので埋めつくされたこのお屋敷は、まるで雲の上にある極楽浄土《ごくらくじょうど》。

「驚いた？　これがオレの部屋」

「本当にすごいお屋敷だね」

僕が言うと、彼はなんだか妙に嬉しそうに笑って、

「オレがすごいお金持ちのお坊っちゃんだってこと、やっと信じてくれた？」

「別に最初から疑っていないよ。……あの……それで」

僕は、時間を気にしながら言う。きっともう八時を過ぎてるだろう。あの飲茶屋さんも閉まっちゃうかもしれないし、なにより雅樹が心配するといけないし……。

「僕、帰らないと。……すごい翡翠って？　もし見せてもらえるなら……」

「今夜は見られない。警備員が来ててうるさいもん。……翡翠を見せるなんて、嘘《うそ》だよ」

レオンくんの言葉に、僕は驚いてしまう。

「えっ？　どうしてそんな……」

「アキヤ。オレ、君のこと、本当に好きになっちゃったみたいだ」

レオンくんはなんだか苦しそうな顔になると、

「さっき、見ちゃった。ホテルのロビーでアキヤが会ってたの、男だった」

その言葉に、僕は一気に青ざめる。レオンくんは、

「ねえ、アキヤはゲイなんだよね？　だったらオレとのことも子供扱いしないで真面目に考えてよ。それに、なんであの男が……」

「……あの男？　彼を知ってるの？」

僕は驚いて聞き返す。

だってレオンくんのその口調は、なんだか雅樹のことをよく知ってるような。

「オレ、あの男のこと、知ってる。マサキ・クロカワ。ジュエリーデザイナー。オレのうちの翡翠を買いにきたんだ」

「えっ？　オレのうちっ？」

僕が聞き返すと、レオンくんは、

「もしかして、まだ気づいてなかったの？　オレの名字は李。レオン・リー。『李家の翡翠』はオレの家の家宝なんだよ」

僕はその言葉を呆然と聞いた。レオンくんは、

「あの翡翠は、代々、李家に受け継がれてきたありがたいものだ、って、亡くなったじいちゃんが言ってた。じいちゃんは、あの綺麗な翡翠をすごく大切にしていて。だからオレ、デザインの勉強してあの翡翠をはめ込めるようなジュエリーのデザインを描いてやるって思ってて。でも」

レオンの顔に、激しい怒りの色が浮かぶ。それは、大人はみんな嫌いだ、と言った時と同じ顔。

「マサキ・クロカワは、オレのデザイン画をハナで笑った。一から勉強をし直せって。オレ、

マサキ・クロカワってデザイナーに憧《あこが》れてたんだ。でもあの男は冷血で、オレの夢を粉々にして」

「そんな！」

僕は驚いて言う。

「雅……黒川チーフは、君の夢を壊すつもりで言ったんじゃないと思う。何か誤解が……」

レオンくんは、僕の言葉を遮《さえぎ》るようにして、

「あんな冷血な男、やめなよ。オレにしなよ、アキヤ」

「えっ？」

いきなり肩を抱かれ、僕は驚いて硬直する。そのまま押されるようにして、大きなソファに座らされてしまう。

「……ええと……？」

「オレの恋人になってよ、アキヤ。君がいれば、オレ、きっともっと素直に生きられると思うんだ」

「……え……？」

彼は、前には恰幅《かっぷく》のいい紳士とつきあっていたはず。ということは、彼は立場で言えば『受』のはずなんだけど……？

……も、もしかして僕に、『攻』になって欲しいってこと……？

そんなの、想像しただけで目眩《めまい》がする。

……っていうより、僕は雅樹以外の男とつきあう気なんて毛頭ないし。

「ちょっと待って、僕、そんなことは……だいいち、僕には……」

「つきあってるって言ったって、エッチしちゃったわけじゃないだろ？　オレとエッチしよう。いいだろ？」

「……え……？」

レオンくんは大真面目な顔で、

「だって。アキヤみたいに純情そうな人が、もうエッチを経験済みだとは思えないもん」

僕はその論理に呆然とする。

……ええと……エッチなことなら……雅樹と数え切れないほどしちゃってるんだけど
……？

……もしかして……？

僕は、ハッとする。

……レオンくんって遊び人みたいに振る舞ってるけど……本当はものすごく純情な子で？

……だからあのおじさんにもエッチなことなんか許してなくて……？

レオンくんは僕をソファに押し倒し、そのまま上にのしかかるようにして、

「オレも初めてなんだ。だから怖がらないで」

……やっぱり……。

僕は、なんとなく微笑《ほほえ》ましく思ってしまう。

……見かけだけじゃなくて、意外に純情な中身まで、悠太郎に似てるかも……？

「アキヤ」

キスをしそうに顔を近づけられて、僕は慌ててかぶりを振って、

「待って、待って。僕、君のことは好きだけど、そんなことはできないよ」

「大丈夫。怖くないよ、優しくするから」

見当違いのことを囁いて、レオンくんが僕の首筋にキスをする。

「あっ！」

純情そうな言葉に似合わず、そのキスは巧みで、僕は思わず声を上げてしまう。

雅樹はよく、僕の首筋に優しいキスを繰り返す。

だからなんだか、雅樹のキスを思い出してしまって……。

「いやだ、レオンくん、やめ……！」

「いやだなんてウソだ。今、色っぽい声を出したじゃないか。感じちゃったんだろ？」

「ちがう、そうじゃなくて……！」

……うわあ、まさか雅樹とのエッチを思い出しただけ、なんて言えないし……。

「敏感なんだな、アキヤ。そんなところもすごくいい感じ」

囁きながら綿シャツのボタンを外される。僕は焦ってシャツの襟元《えりもと》を押さえて、

「待って、待って！　こういうことはむりやりしたら犯罪で……」

「犯罪じゃないよ。アキヤ、いやがってないくせに……」

囁きながら耳たぶにキス。そのままちゅっと吸い上げられて身体が震えてしまう。

だって、そのキスは、雅樹がしてくれるそれになんだか似ていて。

「……あっ、ん……！」

……うわあ、若いくせに、どうしてこんなにキスが上手いんだ、この子は……？

「オレに初めてをちょうだい。ずっと大切にするから」

「待って、レオンくん！　君とエッチなことをするなんてできないよっ！」

「なんで？　オレが嫌い？」

すごく傷ついたような顔をされたら、邪険に突き飛ばすこともできないし……。

レオンくんは、黙ってしまった僕を見て、にっこり笑って、

「やっぱり嫌いじゃないんだよね？　照れてるだけだよね？　アキヤったら純情なんだから
……」

「そうじゃなくて！」

僕は言って、彼の身体を押しのける。

「こういうの、よくないと思う。君は、本当に好きな人と、こういうことをするべきだよ」

「……本当に好きな人……？」

「そうだよ。これって間違ってるかもしれないけど……レオンくん、ちゃんと好きな人、いるんじゃない……？」

レオンくんが、驚いたように目を見開く。

根拠はないんだけど、僕はなんだかそんな気がしていたんだ。

レオンくんがヤケクソみたいに悪い子ぶるのは、単に家族に反抗してるだけじゃなく、甘やかされて育ったからだけでもなく……、

「レオンくんにはちゃんと好きな人がいて。でも勇気がなくてその人に言い出せない……とか？」

言うと、レオンくんの陽《ひ》に灼《や》けた頬が、ピクンと引きつった。

……やっぱり……？

「レオンくん、僕に言ってくれたじゃない。ちゃんと勇気を出さなきゃダメだって。レオンくんも勇気を出してみたら、すごく楽になれるんじゃないかって、僕は思うんだけど……」

「……好きな人なんて、いない！」

レオンくんが、僕の言葉を遮っていきなり叫んだ。驚いている僕の肩を、強い力で摑んで、

「オレはアキヤが好きなんだよ！　どうしてオレから逃げようとするんだよ？　アキヤならオレを救ってくれると思ったのに！」

「……レ、レオンくん！　そうじゃなくて……！」

押しのけようとして上げた手首を、レオンくんが乱暴に摑む。

「……あ……っ！」

「……おとなしくして。抵抗しないで」

囁きながら、レオンくんが僕を抱きしめ、首筋に顔を埋める。

「……『李家の翡翠』が欲しいんでしょう？」

「えっ？」

驚いて離れようとする僕を、レオンくんは、逃がさない、というように抱きしめて、

「『李家の翡翠』が欲しいなら、オレの言うことを聞いて」

「レオンくん、何を……？」

レオンくんは僕の両肩を摑んだまま、身体を離す。僕の目をまっすぐに覗き込んで、

「オレに抱かれて。このままだと、あの翡翠はアキヤの会社、ガヴァエッリには売らないよ？」

脅すような言葉。でも彼の目は、なんだか今にも泣き出しそうなほど、苦しげだった。

「アラン・ラウのいる劉《ラウ》家は、この李家とは古いつきあいなんだ。それに、歴史のあるあの翡翠を売るのなら、同じ中国の人間に、とうちの一族の人間も思っているに決まってる。だけど」

レオンくんは、僕を見つめたまま、つらそうなため息をつき、

「オレの言うことを聞いてくれたら、オレが『ガヴァエッツリに売りたい』って主張してあげる。本家の人間であるオレの意見の影響力は大きい。オレが、アキヤの会社に翡翠を売ってあげる」

「それって……」

僕は、レオンくんをまっすぐ見つめ返しながら言う。

「……黒川チーフが実力では勝負に勝てない、って言ってるの？」

「……えっ？」

レオンくんは驚いたように目を見開く。それから怒ったように黒い瞳を光らせて、

「そうだよ。そう言っちゃ悪いのか？　アキヤは、『恋人は難しい仕事にかかりきりで苦しんでる』って言ったよな。いちいち苦しむようなそんな弱い男に、いい作品なんか、描けるわけな……」

レオンくんの言葉に、僕の目の前が、一瞬真っ白になった。

パーン！

気がついた時には、僕の手は、彼の頬に力いっぱい平手打ちを食らわせていて。

「僕のことなら、どんなに侮辱されてもかまわない。だけど……」

言った僕の声は、怒りのあまり震えていた。

「……彼を侮辱することは許さない」

「……アキヤ……」

レオンくんの顔が、みるみる悲しげに歪《ゆが》む。それからその黒い目を光らせて、

「オレ、日本の『宝石新聞』を取り寄せてるんだ。あの記事を読んだ。マサキ・クロカワは、今回すごく不利だって」

いきなりのしかかられて、僕はまたソファの上に押し倒されてしまう。

「……レオンくん……！」

「マサキ・クロカワは、このままじゃ勝負に勝てない！　だからオレの言うことを聞いて！」

レオンくんの指が、僕の服を脱がせようとしている。

「黒川チーフは、誰にも負けない素晴らしいデザイン画を描いてくれる！」

僕は必死で抵抗しながら叫んだ。

「僕の雅樹は強い人だ！　誰にも負けない！　僕は彼を信じてる！」

叫ぶけど、レオンくんの力は予想以上に強くて。

……もしかしたら、このまま本気になられたら、僕の力じゃ抵抗しきれないかも……。

そう思ったら、視界が涙でじわりと滲んでしまった。

……雅樹……！

MASAKI 10

『突然の訪問で、申しわけありません』

俺は、李家の屋敷の応接室で、現当主であり、レオン・リーの父親に当たる男性に頭を下げていた。

『俺の知り合いがこの屋敷にお邪魔しているかもしれません。彼を連れて帰りたいのです』

彼は不思議そうな顔をし、

『あなたの、お知り合い？』

『会社の部下です。お宅のレオンくんと彼が一緒にいるのを見たという者がいるので』

『レオンと、あなたの会社の方が？』

彼は一瞬、顔を曇らせ、それから強い口調で、

『ミスター・クロカワ。李家の者が誘拐《ゆうかい》でもしたとおっしゃりたいのですか？』

気圧《けお》されそうになるほどの迫力。だが、引き下がるわけにはいかない。

『そうは言っておりません。レオンくんに会わせていただけませんか？』

『お帰りください。失礼なことを言うと、コンテストに不利になりますよ？』

『……ミスター・李』

ドアの方から聞こえた、聞き覚えのある低い声に、俺は振り向く。

そこに立っていたのは、アラン・ラウだった。

『久しぶりにレオンとゆっくり話そうと思って来てみたら……今の話を聞いてしまいました』

李氏は、困ったような顔でアラン・ラウを見て、

『アラン。悪いけれど、この屋敷は引っ越しの準備で警備が手薄になっている。「李家の翡翠」があることを考えると、あまり外部の人を屋敷内に入れるわけにはいかないのだ』

『そうですか。……わかりました』

アラン・ラウが、あっさりと言ったのに、俺は驚いてしまう。彼は俺を見て、

『帰りましょう、ミスター・クロカワ。ホテルまでお送りしますので』

言い返そうと口を開くが、アラン・ラウが、俺に片目をつぶってみせたのに気づく。

……これは……？

『それでは、ミスター・李。明日のコンテストを楽しみにしています』

俺も立ち上がって、李氏に、

『失礼しました。俺の考えすぎだったかもしれません』

俺とアラン・ラウは、李氏にいとまを告げ、応接室を出る。俺は後ろ手にドアを閉め、

『強行突破してもよかったのですが、あまりにも屋敷が広そうなので、正攻法でいってしまいました。……レオンの部屋がどこだか、あなたならご存じですね？』

アラン・ラウを見ると、彼はその秀麗《しゅうれい》な眉《まゆ》をきゅっと上げてみせて、

『……アキヤが香港にいることを隠していた人に、教える義理はありませんね』

言うが、あきらめたようにため息をついて、

『「ガヴァエッツリ・ジョイエッロ」に引き続いて、「R&Y」まで、李家の当主の怒りを買ってしまいそうだなんて。しかし、アキヤのためならいたしかたありません』

廊下で立ち話をしている俺たちのところに、使用人の男たちが近づいてきて、

『失礼ですが。旦那様の許可がないと、お屋敷の、この先には……』

アラン・ラウは、その完璧に整った美貌《びぼう》に、ふと子供のような笑みを浮かべ、

『……レオンの部屋はこの奥です。強行突破しましょう』

囁いてくる。俺と彼は目配せをして、廊下を、屋敷の奥に向かって同時に走り出した。

使用人たちの制止の声、何人もの男が慌てて追ってくる足音。

……警備関係者の人間が出てくる前に、レオンの部屋にたどり着かなくては……！

『突き当たりのドアがそうです』

使用人たちの大部分が脱落するほどの、そうとう長い距離を疾走したにも拘《かかわ》らず、アラン

・ラウは平静な声で言ってくる。
俺と同じくらい鍛えているらしく、息切れ一つしていないところが憎らしい。

俺たちはそのドアの前にたどり着き、俺はノックをしようと手を上げ……、

「マサキ・クロカワは、このままじゃ勝負に勝てない！」

レオン・リーの声がして、俺はその格好のまま固まった。

ふと、心の中に暗雲がよぎる。

……このままじゃ勝負に勝てない……？

勝負を明日に控え、しかも戦いの場に臨む準備のできていない俺には、その言葉はあまりにも……、

「……だからオレの言うことを聞いて！」

続いて聞こえたレオン・リーの声に、俺とアラン・ラウは思わず顔を見合わせる。アラン・ラウは、

『……レオン……！　いたずらにもほどがある……！』

激しい口調の英語で呟く。俺は強行突破だ、とノックをせずにノブに手をかけ……、

「黒川チーフは、誰にも負けない素晴らしいデザイン画を描いてくれる！」

晶也の声。

「僕の雅樹は強い人だ！　誰にも負けない！　僕は彼を信じてる！」

その言葉は、清々しい一陣《いちじん》の風のようで、俺の心に広がった暗雲を消し去ってくれる。

……晶也……！

俺はノブを回し、そのままドアを勢いよく押し開けた。

中国風の装飾のある、がらんとだだっ広い部屋。そこのソファの上に、晶也が押し倒されていた。ネクタイがゆるみ、ワイシャツのボタンが二つほど外されている。

その美しい目は涙に潤んでいた。俺の姿を認めて、さらに涙を溢れさせる。

そして、そんな晶也にのしかかっているのは……、

「レオン・リー。晶也の上からどきなさい」

口から出たのは、凶暴なかすれ声だった。レオン・リーはびくりと身を震わせる。

彼は俺を見、それから激しい感情を含んだような目で、アラン・ラウを睨んでいる。

そして、動揺を隠すようにわざとゆっくり晶也の上から起き上がる。立ち上がって、

「李家の人間に命令をするな！　この部屋にはオレの許可なしには誰も入れない！」

俺とアラン・ラウは顔を見合わせ、それから、そのまままずかずかと部屋に入る。

「あっ、なんだよっ！　警備を呼ぶぞっ！　警察に通報するぞっ！」

「警察に突き出されるようなことをしたのは、君の方だ、レオン・リー」

俺は言いながら、部屋を横切ってレオン・リーとの距離を縮める。

「このまま晶也を強姦していたら、日本では立派な傷害罪だ。香港でどんな罪になるかは知

らないが、少なくとも……」

手を伸ばして、驚いたように目を見開いている彼の襟首を掴む。

「……俺は許さない。晶也を傷つける人間は、絶対に」

「オレは李家の直系の子孫だ！　だからどんなことをしても……！」

俺は手を振り上げ、

「甘えるのもいい加減にしなさい」

彼の頬を、ピシリと平手で打った。

「あっ！」

レオン・リーは、とてつもなく驚いたように言う。

襟首を掴んでいた手を離してやると、手で頬を押さえるようにして、

「た、叩《たた》いたなっ！　李家の人間を、叩いたなっ！」

その強気な視線がふとゆらぎ、彼の目に、じわりと涙が滲む。

「叩かれて当然だよ？　お遊びにもほどがある」

厳しい口調で言ったのは、アラン・ラウだった。彼はレオン・リーに歩み寄ると、

「本当に悪い子に育ってしまった。……私が一から教育し直さなくてはいけないかな？」

AKIYA 11

僕と雅樹は、警備の人たちに摘《つま》み出される前に、屋敷を出た。タクシーを拾い、そのままホテルに向かってる。アランさんだけ、レオンに話がある、って屋敷に残った。

アランさんが、レオンくんの知り合いだったなんて驚きだった。

……それに。

アランさんを見た時の、レオンくんの救われたような表情。そして過敏な反応。

「……もしかして……レオンくんが好きなのって、アランさんかもしれないですね……」

僕が呟くと、隣に座ってる雅樹は深い深いため息をついて、

「それはどうでもいいが……どうして君が押し倒されていたんだ？　レオン・リーはどう見ても……香港版・悠太郎じゃないか」

彼の言葉に、僕は思わず吹き出してしまう。不思議そうな顔をする彼に、

「僕もそう思ってました。レオンくんって雰囲気が悠太郎そのままですよね。ルックスがよくて、やんちゃで、アイドルになったらすごく人気が出そうな感じ」

「しかし……まさか、いきなり君を押し倒しているなんて」

雅樹は言って深いため息をつく。僕は、

「彼は本気じゃありませんでした。あなたもそれがわかったから、パチンって軽い平手打ちだけだったんでしょう？」

そう。雅樹が本当に怒ったら、ものすごい強力な右ストレートで、本気で殴る。

雅樹のライバルと言われていた辻堂《つじどう》さんって人は、僕をだまして、しかも僕をむりやり抱こうとした。その時、雅樹は彼を本気で殴り、けっこう逞しい辻堂さんが失神寸前って感じで。あの辻堂さんよりも華奢なレオンくんなんか、雅樹に殴られたら、一発で倒されちゃっただろう。

雅樹は、ため息をついて、

「確かに、お子さまのレオン・リーが君を抱いている図は、想像できなかった。あの時も、彼が君を強姦しようとしているようにはとても見えなかった」

「じゃあ、どう見えたんですか？」

「仲良しの受同士の、ただのジャレ合い」

僕は思わず笑ってしまいながら、

「受同士だって、エッチなコトができないことはないんですよ？　油断していると怖いですよ？」

面白がって言うと、雅樹は急にイジワルな目になって、

「では、油断をせずに、君が浮気などできないようにしようか」

「えっ？」

「今夜、君が誰のモノかをじゅうぶんに教えてあげよう」

「待って！　あの翡翠のデザイン画、もうできあがったんですか？」

雅樹は肩をすくめて、

「いや。全然。だが、全ての仕事より、恋人である君が優先だよ」

そのいつもの口調に、僕は思わず笑ってしまう。

……雅樹は、完全に立ち直ったみたい……。

「だめ。今夜、デザイン画を完成させなきゃ、これからずっと、エッチはおあずけですよ？」

雅樹は驚いた顔をしてみせて、それから、

「それは困る。仕方がないから、今夜はおとなしくデザイン画でも描くよ」

「がんばってくださいね。成功をお祈りしてます」

僕が言うと、彼は当然だよ、って顔で笑って、

「大丈夫。誰よりも素晴らしいデザイン画ができるはずだ。オレのデザイン画が選ばれると思う」

と言うと、彼は、僕が思わず赤面しちゃうような、すごいセクシーな流し目で僕を見て、

「自信満々ですね」

「……ご褒美は、しっかりもらうから、そのつもりで」

……ああ、どうしよう、ドキドキする。

MASAKI 11

晶也の安らかな寝息が響くベッドルーム。

眠る晶也が眩《まぶ》しくないような位置、窓のすぐそばに、俺は一人掛けのソファとサイドテーブルを移動させた。そして、そこでデザイン画を描き続けていた。

……完成だ……。

俺は、深い深いため息をつく。

晶也が小さく呻《うめ》いて、こちらに寝返りを打つ。

寝返りを打った拍子に布団がずれる。ホテルルームに備え付けてあった、真っ白なチャイナ・シルクのパジャマに包まれた、彼の華奢な肩がむき出しになる。

俺はスタンドを消して立ち上がる。

窓の外には、香港の夜明け。ほの明るい光が、部屋に満ちている。

ひんやりとした空気の中に、晶也の安らかな寝顔が、白く浮かんでいる。

俺はそっと立ち上がり、ベッドにゆっくりと近づく。

頬に陰《かげ》を落とす長い長いまつげ、あどけなく少し開いた、花びらのような唇。

……ああ……俺の恋人は、どうしてこんなに美しいのだろう……。

布団を直し、頬に落ちかかった髪を、そっとかき上げてやる。晶也が身じろぎして、

「……雅樹……すき……」

起こしてしまったかな、と思うが、彼の美しい唇からは規則正しい寝息がまた漏れ始める。

……もう、どんな結果が出たとしても悔いはない……。

晶也が言ってくれた、『僕の雅樹は強い人だ』という言葉を思い出す。

天使のように美しいのは、彼の外見だけではない。彼はその美しい精神で俺の弱さも汚さも全て許し、そして俺が抱えた心の傷をゆっくりと、だが確実に癒《いや》してくれる。

「……この作品が完成したのは、本当に、君のおかげだよ……」

俺は身を屈《かが》め、その綺麗な形の唇にそっとキスをする。

唇で感じる、ひんやりとした彼の体温。とろけそうなほど柔らかいその感触。

「……愛している、晶也」

俺は、誓いの言葉を言うように、彼の寝顔に囁いてみる。

「……どんなことがあっても、君を愛し続けるよ、晶也」

AKIYA 12

そして翌日。コンテストの当日だ。

李家のお屋敷には、『ヴォー・ル・ヴィコント』の関係者、そして『R&Y』の関係者（アランさんもちゃんといた。雅樹とうなずき合ったのには驚いた。この二人、すっかりお友達同士？）、大勢の報道関係者も集まっている。業界関係の報道だけじゃなく、テレビのニュース番組までが入ってて、関心の高さが窺われた。応接室は、パーティー会場みたいな騒ぎだ。

ガヴァエッリの日本支社からは、アントニオ・ガヴァエッリ・チーフが参加している。

「……マサキはどうやら立ち直ったようだな。君の、『手厚い看護』のおかげでね。まだ腰がふらついているんじゃないか、アキヤ？」

ガヴァエッリ・チーフの意味深な口調に、僕は赤面する。

……もう！　昨夜はエッチなコトなんかしてないのにっ……！

少し離れたところで打ち合わせをしていた雅樹が、素早く近づいてきて、

「晶也に必要以上に近づかないでください。そして下品な冗談はほどほどにお願いします」

ガヴァエッリ・チーフは肩をすくめて、

「そこまで立ち直ると面白くないな。苦悩するマサキは、セクシー、かつ可愛げがあったのに」

「またそういう寝ぼけたことを。一発殴って眠気を吹き飛ばしてあげましょうか？」

雅樹が言った時、使用人らしき男の人が、準備ができたことを伝えに来た。

……ついに、『李家の翡翠』をどの会社が手に入れるかが、決定する……！


『ヴォー・ル・ヴィコント』のチーフデザイナーさんが、テーブルの上に、豪華な装丁のアルバムみたいなものを置く。彼が布張りのそれを恭《うやうや》しく開くと、そこにはデザイン画。

それは、数え切れないほどのダイヤモンドがまわりを取り囲み、大きな翡翠を真ん中にはめ込んだ、とてつもなく贅沢《ぜいたく》なチョーカーだった。

その流れるような全体のライン、計算し尽くした宝石の配列。

やっぱり超一流の会社のチーフデザイナーだけあって……だけど……、
その絵の翡翠には、『ヴォー・ル・ヴィコント』の紋章《もんしょう》が、インタリオ（石の裏側から模様を彫り込んだ加工のこと）として彫り込まれていた。

確かに、この会社はインタリオを得意とするし、翡翠は彫るのに最適な素材。

だけど、この翡翠はうちの会社のものだ、って言ってるみたいで……それを見た時、僕はちょっと悲しくなった。

でも、そのデザイン画は、ものすごく素晴らしかった。

おばあさんを筆頭とする李一族の人々も、食い入るようにデザイン画を見つめている。

きちんとスーツを着て李家側の席に座っているレオンくんが、度肝《どぎも》を抜かれたような顔で、デザイン画を見ている。きっと、プロのデザイン画の清書を見るのは初めてだったんだろう。

「それでは、『R&Y』さん、デザイン画を」

秘書の男の人の声で、『R&Y』のチーフデザイナーが前に進み出る。

上等そうな立派な革張りのファイル。それを開くと、そこにはデザイン画が……、

『R&Y』の作品は、やはりミステリー・クロックだった。

『R&Y』の特徴を表すように、アンティークで品の良いアールデコスタイル。

台座の部分は、オニキスと白蝶貝《しろちょうがい》。そして台座の真ん中には煌めく翡翠。

元は香港人のアランさんにあの翡翠を削るなんてことは考えられなかったんだろう。翡翠はそのままの形で美しく煌めいている。

元ジュエリーデザイナーであるアランさんが社長を務める店だけある。『R&Y』はすごく優秀なデザイナーが集まっているので有名。そこのチーフデザイナーの作品だけはある。見事な筆致で描かれたそのミステリー・クロックは……本当に美しかった。

「それでは、『ガヴァエッツリ・ジョイエッロ』さん、どうぞ」

その声に、雅樹がテーブルのある部屋の真ん中に進み出る。

彼の手には……僕が香港の街角の文房具店で買ってきた、あの安っぽいスケッチブック。

ほかの会社の立派に装丁されたデザインブックとは……まさに対照的な……。

雅樹は、たった一点の作品のために、数え切れないほどのラフスケッチを描き続け……日本から持ってきたスケッチブックも、清書用のケント紙も、全て使い果たしていた。

どぎつい赤の背景に黒の漢字が印刷された表紙。

小学校の図工の時間にしか使わないようなそのスケッチブックに、プロの作品が描かれているとは、とても想像できなかった。

李家の人たちから、失笑が漏れたのに気づいて、僕はちょっとむっとする。

でも。雅樹の作品は、絶対に……。

紙質だってよくない。すごく不利だ。だけど……、
雅樹が、ゆっくりとスケッチブックを開く。

ページの隙間から、美しいグリーンの光が、空気中に煌めき出たような気がした。

李家の人々、いや、そこにいた全ての人々が、あっと息をのんだ。

テーブルに置かれたそれを、僕は声も出せずに見つめた。とても目がそらせない。

それは……この世のものとは思えないほど美しい……冠《ティアラ》だった。

ティアラというよりは、中国のお姫様がかぶる冠、とでも言えそうなイメージ。

あの時……僕もこれを思った。言わなかったけど、雅樹も同時に同じものを想像していたんだ。

国は違うけど、王族だと言われてきた家柄の、李一族とガヴァエッリ一族。その共通のイメージは、やっぱり『冠』だったんだよね。

中国の豪華さとアールヌーボーの色っぽいようなラインが、絶妙に混ざり合っている。

中央には、『李家の翡翠』。それを引き立てるようにして配された豪華なメレダイヤ。

ティアラの台座部分は、美しく絡み合う蔓《つた》と、絶妙なラインを描く葉、そして開く前の蓮の花のような固い蕾《つぼみ》のモチーフで構成されている。

葉や花の蕾の上に、まるで真夏の朝露のように煌めく、たくさんのダイヤ。

そして……その冠は、金やプラチナの派手な色じゃなくて、見とれるような乳白色をしていた。

まるで、上等のムーンストーンをくりぬいて形作ったかのような、青みを含んで透明感のある不思議な白。

そのために、花園は、まるで濃い霧がかっているように見え、『李家の翡翠』の絶妙な色合いの深いグリーンが、ものすごく引き立って見える。

李家の当主、レオンくんのおばあさんが、かすれた声の広東語で何かを言う。秘書の男の

人が、

「こんな王冠は見たことがない。どういうものなのですか？　とお尋ねになられていますが？」

雅樹はうなずいて、

「ギロッシェ・エナメルという技法です。地金部分に細かな模様を入れ、その上に半透明のガラスを流し込みます。アンティークジュエリーに使用する七宝《しっぽう》の一種と考えてくだされればわかりやすいかと思います」

雅樹の低い美声を、まるで夢の中に誘ってくれる不思議な呪文《じゅもん》のように聞きながら、僕はそのあまりにも美しいデザイン画に、ただただ見とれた。

まるでそこに、本物の宝石をはめ込んだティアラが存在しているみたい。

そのティアラは、部屋の空気を変え、見ているだけで人々の鼓動を速くしてしまう。

そう。見ているだけで、ドキドキするような……。

……やっぱり、世界のマサキ・クロカワは、本当にすごい……！

僕はその場に立ちすくんだまま、呆然とそう思っていた。

説明をし終わった雅樹は、ふいに僕の方を振り向く。

彼のあたたかな視線。まるで、「俺は精いっぱいやった。もう悔いはないよ」って囁くような。

……雅樹……。

僕は、なんだか泣いてしまいそうになる。

……結果はまだわからないけど……雅樹は、自分との戦いに勝ったんだ……。

そして。集まっていた李一族全員一致の意見で……雅樹のティアラが選ばれた。

『李家の翡翠』は、ガヴァエッツリ・ジョイエッロが買い取ることに決まったんだ。

雅樹とガヴァエッツリ・チーフのところには、報道陣が集まって、賞賛の言葉を言い、たくさんの質問を浴びせた。雅樹に否定的な記事を書いてた、日本の『宝石新聞』の記者も知らんぷりして雅樹に媚《こ》びを売っていて、ちょっとむかっときた。

……でも、まあ、きっとこんなものだよね。

「あの翡翠を勝ち取ったご感想は？」

記者からの質問が雅樹に向けられる。雅樹は、

「あの翡翠は、ガヴァエッツリ・ジョイエッロが『勝ち取った』というわけではありません」

そう言ったのに、僕は少し驚いていた。

「香港を一時的に離れる李一族から、ガヴァエッツリ・ジョイエッロが責任を持ってお預かりする、それだけです。いつかまた李一族が香港に戻られる日には、ガヴァエッツリ・ジョイエッロは、喜んであの翡翠を李家の方々のもとにお返しします。あの翡翠は永遠に『李家の翡翠』です」

ガヴァエッリ・チーフが、なんだか誇らしげな顔をして、雅樹の隣でうなずいた。

僕は……雅樹の言葉に不思議な感動を覚えていた。

……彼は、やはり素晴らしいデザイナーだ。

報道陣、特に香港の人たちから、雅樹の発言に対する賞賛のざわめきが広がった。

二度と返さない、って感じでインタリオのデザインを描いた『ヴォー・ル・ヴィコント』のチーフデザイナーさんが、負けたな、って顔で苦笑していた。

MASAKI 12

『どうして自分は才能を持って生まれることができなかったのか。どうして自分の手であなたと対決することができなかったのか。……今日ほど、それを悔しく思ったことはありません』

彼は手すりに身を預け、遠い海を眺めながら、

『私がデザイナーを辞《や》め、社長業に専念しているのは、親の遺志《いし》ですが……実は、それだけではないんですよ』

彼はその形の良い唇に少しあきらめたような薄い笑みを浮かべて、

『私には、どんなにがんばっても……きっとあなたのようなデザインを描くことはできない』

彼は、その極上の翡翠のような緑色の瞳で、まっすぐ俺を見つめると、

『……ミスター・クロカワ』

『はい』

『私は……アキヤのことを本気で好きだったようです』

その言葉に、俺の心がズキリと痛む。彼は、少しつらそうに小さくため息をつき、

『一目見ただけで忘れられなくなりました。私がアキヤに養子になってくれ、と言ったのも本気でした……というよりは……』

彼は悲しげに小さく笑って、

『あれはきっと、先走ったプロポーズだったんですね。ゲイのカップルが夫婦になる時には、養子縁組をすると言うではないですか。私はきっと、アキヤに人生の伴侶《はんりょ》になって欲しかったのです。もしできることなら、今でも……』

『ミスター・ラウ』

俺は、彼の言葉を遮った。

『篠原くんには恋人がいます。彼は本当の恋をしている。彼のその気持ちは、このまま一生変わりません』

……そうだ、俺は晶也を信じている……。

アラン・ラウは、その高価な翡翠色の瞳でまっすぐに俺を見つめ、動きを止める。

それから、小さく、負けたな、と呟いて、何かが吹っ切れたような顔で笑う。

『どちらにしろ、私はアキヤにフラれてしまった男です。新しい恋を探して、歩き始めなくてはいけません』

その言葉に、俺は昨夜から気になっていたことを、

『ミスター・ラウ。レオン・リーは……あなたのことが好きなのでは？』

『えっ？』

アラン・ラウは驚いた顔で固まり、それからかぶりを振り、

『彼にとって、私はただの口うるさい大人です。昨夜もあの後、朝までお説教をしてしまいました』

そういえば、アラン・ラウも、さっき見たレオン・リーも、目が赤くて眠そうだ。

『昔は、彼のことが好きでしかたなかった。彼も多分、私を慕ってくれていました。……しかし、私が仕事にかまけている間に、彼は変わってしまった。彼の気持ちも変わっているでしょう』

見とれるような端整な顔に、何かをあきらめたような苦笑を浮かべて窓の外を見つめ、

『彼が私を好きでいてくれるなんてことは、もう……』

『アラン・ラウ！』

いきなり聞こえた大声に、俺とアラン・ラウは振り向いた。

そこに立っていたのは、あの、レオン・リー。その後ろには、晶也がいる。

うっと言葉を詰まらせたレオン・リーに、晶也が、がんばって、と呟いている。

レオン・リーは緊張に顔を引きつらせてアラン・ラウを見つめ、必死の声で、

『あなたが好きだ！』

アラン・ラウが、信じられない、という顔でそのまま固まる。レオンは、

『オレ、アキヤに言われてよく考えてみた。オレの心の中で一番大切な人って誰だろうって。それで気がついた。オレ……あなたが好きだ、アラン』

泣きそうな声、真摯な眼差《まなざ》し。

『物心ついた頃から、あなたを見てた。あなたは優しくて、美しくて、そしてとても強かった。オレはずっとあなたのことが好きで、ずっと一緒に生きていこうって思ってた。だけどある日、あなたも、あなたの一族も、香港を捨てた。それからオレ、大人なんて信じないって思って……』

レオン・リーの目に、涙の粒が盛り上がる。

『オレ、悪い遊びとかたくさんした。あなたのところにオレの噂が届けばいい、あなたが飛んできて、子供の頃みたいに叱《しか》ってくれればいい……心の底で、ホントは、そう思ってた』

レオン・リーは、手の甲で涙を拭い、子供のように泣きじゃくりながら、

『オレを一緒にロスに連れてって。オレが悪いことをしたら叱って。そして、もう二度と捨てないで』

『わかったよ、レオン。一緒に行こう。だが私はまだアキヤに未練がある。それでもいい？』

アラン・ラウが言う。レオン・リーは強い瞳で彼を見上げ、それからふと笑って、

『いいよ。……あなたのこと、オレに夢中にさせてみせるから』

アラン・ラウは、不思議なほど優しい笑みを浮かべてレオン・リーを見つめ、

『……楽しみだ。何もかも忘れるほど、君に夢中にさせてくれ』

AKIYA 13

僕らが昨日過ごしたのは、ガヴァエッツリ・チーフがいつも泊まっている部屋だった。

だから、ガヴァエッツリ・チーフが香港に来たら明け渡さなきゃだめかな？　と思ってた。

だけど、ガヴァエッツリ・チーフは、今夜邪魔するとマサキに殴られそうだ、と言って、あの部屋を今夜も僕らに譲ってくれて、自分は別のスウィートを取ったらしい。

「君たちの部屋は角部屋で、大声を出しても平気だからね」と意味深に笑って。

そして。僕と雅樹は、昨日と同じスウィートルームのリビングで、向かい合っていた。

二人とも、お風呂上がりで。ロマンティックな香港の夜景だけが、僕らを照らしていて。

僕は、ホテルの部屋に備え付けてあった純白のシルクのパジャマ、雅樹はバスローブ姿。

二人とも、お互いが欲情していることを知ってる。でも、抱き合うことができなくて。

雅樹は、すごく真面目な顔で、

「……晶也。このままではずっとひっかかったままになる。イヤならきちんと言ってくれ」

「え？」

「君を抱きたいんだ」

囁かれただけで、身体の奥が熱くなる。雅樹は、

「この間、どうして俺を拒んだのか、教えてくれないか？　今度また君に拒まれたら、俺は今度こそダメになってしまいそうだ。君に拒まれたくない。……君に嫌われたくない」

そのつらそうな声に胸が痛む。僕は慌てて、

「あなたを嫌うわけないです。ただ、僕はあの時、なんだかすごく怖かったんです」

「怖い？　俺に、あんな場所で、乱暴なことをされそうになったから……？」

「違うんです！　僕、よく考えてみて、どうして怖かったのか、やっとわかったんです！」

僕は、苦しげに言い募る雅樹の言葉を遮った。雅樹は覚悟を決めたような顔で、

「聞かせてくれ。それは……どうして？」

「あの時のあなたは、いつもみたいに『愛してる』って囁いてくれずに、黙ってたから」

呆然とした顔をする雅樹に、僕は、

「僕、あなた以外の誰かと、エッチなことなんて、絶対できません」

「当たり前だ。ほかの男とそんなことを気軽にされてしまったら、俺は……」

「僕、自分を抱いているのがあなただってことが確認できないと……怖くなっちゃうみたいなんです」

「それは……？」

僕はなんだかすごく照れてしまいながら、雅樹の顔を見上げて、

「……ちゃんと囁いてください。『晶也』とか『愛してるよ』って。あなたの声を聞きながらだったら、きっとどんなことをされても怖くない……」

雅樹は、呆然とした顔で一瞬固まる。それからものすごく安心したように笑って、

「それは……ちゃんと囁いてあげれば、どんなふうにされてもオッケーということだね？」

「……えっ……ああっ……いえっ、そんなんじゃなくてっ……！」

真っ赤になった僕を、彼の腕がそっと抱きしめる。

「愛しているよ」

優しい囁きに、心の奥がとくんと疼《うず》く。僕は、心から、

「愛してます、雅樹」

彼の指が、僕の首の後ろにまわり、チェーンの留め金を外す。細いプラチナのチェーン、そして恋人の証《あかし》の約束のリングを、僕の身体からそっと取り去る。

それは、これから愛を交わそう、って二人の合図。

僕の身体は、それだけで熱を持ち、甘くとろけそう。

そして、僕らは、お互いの存在を確かめ合うように、数え切れないほどのキスを交わしたんだ。

MASAKI 13

深いキスを繰り返すと、晶也の鼓動《こどう》が速くなってくるのが解る。

純白の、上等のシルクのパジャマ。

滑らかなその布地は、張りついたようになって、彼の身体のしなやかで美しいラインを際だたせている。

「……ん、んん……」

呼吸が乱れ、大きく上下する彼の胸。その布地にツンと尖《とが》った二つの……、

「晶也、キスだけで感じた？」

「えっ？」

「ここが……」

布地ごと、両方の胸の飾りを摘《つま》み上げる。

晶也は、あっ！　と驚いたように言い、身体をびくんと震わせる。

「……こんなに尖ってしまっているよ」

先端をくすぐるように愛撫《あいぶ》すると、晶也は声にならない悲鳴を上げ、腰を震わせてしまう。

「あっ、あっ、いやあっ！」

「エッチな子だ。シルク越しの愛撫が好き？」

「やっ、ああっ！　だめえっ！」

晶也は、身体をよじらせて逃げようとする。俺は、逃がすまいと彼の身体を引き寄せる。

その拍子に彼の腰が、俺の腿《もも》のあたりに押しつけられた。

きゅっと硬い感触。晶也の欲望が、シルクの滑らかな布地を、もう押し上げ始めている。

「……愛しているよ、晶也」

試しに囁いてみると、晶也の欲望が、ピクリ、と反応する。

晶也は自分が反応してしまっていることに気づいたのか、泣きそうな顔で、

「……やあ……イジワル……」

だめ、というようにかぶりを振る彼。その凄絶《せいぜつ》なまでの色気に、俺の理性が綺麗に吹き飛んでしまう。

彼のシルクのパジャマのボタンを、ゆっくりと外す。

「……あっ……雅樹っ……！」

ミルク色の肌が少しずつ露《あら》わになるごとに、晶也の体温はだんだん上がっていく。

俺はボタンを二つだけ開き、襟元を広げさせて、晶也の片方の乳首だけを露出させる。

美しい珊瑚《さんご》色をした胸の飾りは、俺の愛撫を待って尖り、小さく震え……、

「……こんなに尖らせて。ここに、キスして欲しいの？」

「……はっ……やあっ……！」

身を屈《かが》め、彼の乳首にキスをする。

濡《ぬ》れた舌で先端を舐《な》め上げながら、シルクの布地の下、もう片方の乳首を指先で愛撫してやる。

「……あっ、ああ……んんーっ……！」

晶也は今にも達してしまいそうな声を上げ、息を弾ませる。

感じてしまった証拠に、彼の欲望は艶《つや》のあるシルクの布地を押し上げ、勃《た》ち上がっている。

「……だめ、だめ、お願いです……あっ！」

俺は、シルクの布地ごと、彼の欲望を手のひらに包み込む。

「……愛しているよ、晶也」

囁いて、パジャマのズボンの中に手を滑り込ませる。

「……濡れている。もうこんなに蜜《みつ》を垂《た》らして、イケナイ子だ」

指先で、蜜を溢れさせる先端に触れ、手のひらで彼の濡れた欲望を包み込む。

「だめ、雅樹！　もう、イッちゃ……あ、ああっ！」

クチュクチュ、っと数回しごいてやっただけで、晶也の身体に、激しいさざ波が走った。

「だめ、だめ、あっ……んんっ！」

彼はたまらなげな甘い甘い声を上げ、震えながら白い蜜を俺の手のひらに熱く放った。俺のバスローブの胸にしがみつくようにして、晶也は息を弾ませている。

「……いつもより早いね。シルク越しの愛撫が、気に入った？」

耳元で囁いてやると、晶也は俺の胸に顔を埋めたまま恥ずかしそうに震え、イジワル、と甘く囁く。

「さて」

言いながら顎《あご》を指で支えて顔を上げさせる。彼の煌めく瞳は……欲望に潤《うる》んでいた。

「ちょっと目を離すとどこかのお坊っちゃまに押し倒されている。おあずけを食らわせて、俺を死ぬほど悩ませる。そういう悪いデザイナーには、おしおきをしなければ」

「……えっ？」

「……窓の方を向いて。両手をガラスについて」

晶也は意味が解らないという顔をしてから、はい、と素直に返事をして、窓の方を向く。

「あ……改めて見ると、ここからの景色は本当に綺麗ですね。これが百万ドルの夜景というものですか」

おあずけをされて野獣化した俺の気も知らず、のんきな声で言ってくれる。

後ろから抱きしめると、彼は無邪気に俺に身体をもたせかけ、

「なんだか夜空を飛んでるみたいです。香港に来て、この夜景をあなたと二人で見られて、僕……あっ！」

晶也は言葉を切り、驚いたように声を上げる。

俺が彼の腰からズボンの中に手を入れ、指でその双丘《そうきゅう》の谷間をたどったからだ。

「あっ、雅樹っ！」

「……愛しているよ。晶也」

後ろから抱きしめたまま、囁く。彼の放った蜜で濡れた指が、固い蕾を探し当てる。

「……あっ、はあっ、だめ、そこ……」

ほんの一瞬前まで無邪気だった晶也の声が、もう甘く変わり始めている。

蜜の助けを借りて、指先を、クチュ、と滑り込ませる。

「あっ、ああっ！」

「……痛い？」

囁き、首筋にキスをしてやると、晶也は夢中のしぐさでかぶりを振る。

「いた、くな……ああっ！」

蕾の中、一番敏感な部分を探し当て、愛撫してやる。

「……あっだめ、そこ……ああっ！」

晶也の蕾は、とろけそうなほど熱くなり、たまらなげに俺の指を締めつけてくる。

もう一方の手を晶也の身体とガラスの間に入れ、パジャマの上から、彼の欲望を確かめる。

「……あ……っ」

さっきあんなに蜜を吐き出したばかりのそれは、しかしもう熱を持って、硬く震えていて……、

シルクの布地ごと握りしめ、そっと愛撫してやると、それはさらに硬さを増して……、

「……雅樹、おねが……我慢できない、もう……」

「俺も、我慢できないよ。……怖くない？」

囁くと、晶也は夜景の映るガラスに額をつけたまま、けなげにうなずいて、

「……怖くない……も、我慢できな……あなたが欲し……」

切れ切れの甘い声が、俺の最後の理性を吹き飛ばした。

彼のズボンと下着を少しだけずらし、濡れたその蕾に俺の欲望を押し当てる。

「……愛してるよ」

クチュ、という濡れた音を立てて、俺の欲望が彼の蕾に吸い込まれていく。

こんな場所で、こんなふうに後ろから一つになるのは……初めてだった。

「……あっ、あっ、すご……雅樹……！」

だが、晶也の蕾はいつもよりも熱く震え、俺はもう何も考えられなくなり……、

「……愛しているよ、晶也」

彼の、狭く、甘く、あたたかな蜜の壺《つぼ》のような蕾に、俺は全てを忘れた。

初めて彼が俺のものになった夜を思い出す。

晶也は、その頬を染め、息を弾ませ、凄絶なほどに色っぽかった。

あれから、俺たちは数え切れないほど一つになった。

しかし、晶也はあの夜と変わらずに、たまらなげに震え、初々しく恥じらう。

淫《みだ》らな行為など一度もされたことがない、とでもいうように緊張に固く閉じた美しいその蕾。

だが、愛撫しているのが俺であることを認めた時、彼の蕾はけなげに俺を受け入れ、そして熱く甘くとろける。

「……あっ……あっ……雅樹……！」

「……つらい？　やめて欲しい？」

囁くと、晶也は額をガラスにつけたままかぶりを振る。それから消え入りそうな声で、

「……や、やめないで……」

「……ん？　もっとして欲しい？」

囁くと、声に反応して、俺を受け入れた蕾が、きゅうっ、と俺の屹立《きつりつ》を締め上げた。

「……あっ！　……ああっ……！」

晶也はその感覚にも感じてしまったらしく甘く喘《あえ》ぐ。

「……愛しているよ、晶也」

「……愛しています、雅樹！」

俺たちは、呼吸を速くし、何もかも忘れ、お互いの熱を身体と心に刻みつけた。

そして、宝石箱のような夜の香港を見渡せるその場所で……俺たちは同時に高みに駆け上った。

AKIYA 14

ピンポーン！

部屋のチャイムの鳴る音が、遠くで聞こえる。

僕は、お風呂上がりのバスローブのままシーツにくるまって、広い広いキングサイズのベッドに倒れ込んでいる。

……もしかして、誰かお客さん？　でも、もう、指一本動かせないよ……。

夜景を見渡せる窓辺で、僕は雅樹の愛撫に全てを忘れ、彼が欲しいと懇願してしまった。

彼は、僕の蕾を逞《たくま》しい欲望で貫《つらぬ》き、巧みな愛撫と抽挿《ちゅうそう》でめちゃくちゃに感じさせ……そして……、

「……恥ずかしい……」

後ろから抱きしめられて……だったから、僕の目には香港の夜景だけが映っていた。

まるで夜空を飛んでるみたいな感覚、しかも身体は失神しそうなほどの快感で痺《しび》れていて
……、

僕はなにもかも忘れて、彼の美しい手の中に、何度も何度も蜜を放ってしまった。

あんなエッチな格好で、あんなに感じちゃったなんて……思い出すだけで赤面しちゃう。

ベッドルームのドアが開く。そこには、バスローブ姿の雅樹が立っている。

逞しい身体、ラフに開いたバスローブの襟元、濡れた髪が額に落ちかかり、スタンドの明かりに照らされた、見とれるようなハンサムな顔。

僕を見つめるそのまなざしがものすごくセクシーで……僕の身体が、また余韻に痺れてしまう。

「そんな色っぽい顔をすると、もう一度、されてしまうよ？」

そう。窓辺でされた後。一緒にお風呂に入ってベトベトの身体を洗ってもらって。

でも、お風呂で抱き合っていたら、なんだかエッチな雰囲気になってしまって、そのまま……仕上げのもう一回。

「……ダメ……これ以上されたら、おかしくなってしまいます……」

嗄いた僕の声は、夢中で喘ぎすぎた証拠に……、

「声がかすれているよ。喉が痛い？」

「……はい。少しだけ……」

喉が弱くて声をからしてしまう僕のために、雅樹はいつもセックスの後には、レモンを絞って、蜂蜜入りのホットレモネードを作ってくれる。それはいつも僕のかれた喉を潤してく

れて……。

だけど。ここはホテルだし。ちょっとくらい喉が痛くても、我慢するしか……、

「それなら、頼んでみてよかった。ここまで来て、また？　と思われるかもしれないけれど……」

雅樹は、ルームサーヴィスで届いたらしいワゴンを、部屋の中に引っ張ってくる。

その上には、シャンパンの冷やされたワインクーラー。香港のマーケットで売っていたような、スターフルーツや、マンゴーや、細長いマスカットが、綺麗に盛りつけられているガラスの皿。それから、カットレモンがたくさん載ったガラスボウル。お湯のポット、それにハチミツの瓶。

「……わ。これって……」

「英国領だったせいか、香港には、意外に美味しいハチミツがあるんだ」

雅樹は、厨房で使われるような業務用レモン絞り器で、手早くレモンを絞りながら言う。

「帰りにハチミツをたくさん買って帰ろう。それから、もう一つ買いたいものがあるんだ。明日、日本に発《た》つ前に、買い物につきあってくれるかな？」

言いながら、茶こしで丁寧にジュースをこして種を除き、カップにそれとお湯を注いで、ハチミツを垂らしている。僕は少し驚いて、

「ショッピングにあまり興味のないあなたが、珍しいですね。もちろんいいですが、何を買

うんですか？」

「君が着るための、シルクのパジャマ」

雅樹は、ものすごくセクシーな流し目で僕を見て、

「君は、とても、シルク越しの……が好きみたいだから」

「うわあーんっ！」

照れまくって泣きそうな僕に、雅樹がチュッと音を立ててキスをする。

そのまま僕を引き寄せ、ぎゅっと抱きしめてくれる。

「……俺は、今まで、香港という場所があまり好きではなかったんだ」

驚いて見上げると、雅樹はなんだかすごく真面目な顔をしていた。

「だが、君のおかげで……とても好きな街になった」

「本当ですか？」

……それって、なんだか、嬉しいかも。

「今回の仕事が成功したのは、君のおかげだ。晶也、君は俺を救ってくれたんだよ」

「いいえ、成功したのはもちろんあなたの実力です。僕は本当に何もできなくて。邪魔になったんじゃないかって、まだ……」

「……愛しているよ、晶也。君は俺の、救いの天使だ」

僕の言葉を遮って囁き、唇に、彼が優しいキスをしてくれる。

「……僕も愛してます、雅樹……あなたのためにどんなことでもしてあげたい」

ぎゅっと抱きしめてくれる、彼の逞しい腕。

あの、桃源郷《とうげんきょう》の泉みたいな色の美しい翡翠が、僕の脳裏をふっとよぎった。

……お金や、権力や、高価な宝石、そんなものにしか心を動かされない人もいる。でも僕は……、
雅樹の胸に頬を埋め、心を満たす幸福感に陶然としながら、僕はそっと目を閉じる。

……ああ……僕は、雅樹の抱擁《ほうよう》さえあれば、ほかにはもう何もいらない……。


僕らは無事に帰国し。そして、次の日曜日。

野川さんの結婚式は、とても素敵な教会で行われた。

ウェディングドレスやベールはカジュアルな感じのシンプルなもの。

小さな結婚式だったけど、野川さんも彼もすごく幸せそうで、式はすごく感動的だった。

雅樹と並んで腰掛けた僕まで、なんだかもらい泣きしちゃいそうなほど。

ちょっとウルウルしちゃった僕の手を……雅樹の手がそっと包み込んでくれていたんだ。

感動的な結婚式の後。

結婚披露パーティーは、皆でリサーチして探した、お洒落なレストランで行われた。最初は『披露宴』って感じでみんな気取ってたけど、夜が更けて、野川《のがわ》さんや旦那さんのご両親とか親戚《しんせき》が帰った後は……そのまま『二次会』状態に突入した。

野川さんと旦那さんは、プレゼント攻撃に合って、たくさんの箱に埋もれていた。

僕と雅樹は、シルバーのワインクーラーとトランクのネームタグ、それに香港で買ってきた、小さな翡翠（安いヤツ）で作られた幸運のお守りを、連名でプレゼントした。

二人連名のプレゼントが三つもあった僕らを、みんなは、「連名のプレゼントをあげたからには公認カップルか？」とか、「次に結婚するのはこの二人か？」とか冷やかした。

恥ずかしかったけど……でも実は、なんだかとっても幸せでもあったんだ。

「日本の結婚式ってなかなかいいね！　オレけっこう感動した！　アキヤと式を挙《あ》げたいな～！」

言って、後ろから抱きついてきたのは、あのレオンくん。

「立食形式だから人数は多い方が盛り上がる！　どんどん友達呼んで！」って野川さんが言ってくれた。レオンくんたちがアメリカに渡る途中で日本に立ち寄る日が重なってたから、僕はレオンくんとアランさんにも、このパーティーのことを連絡した。

すごい美形のアランさんと、悠太郎似のレオンくんの出現に、パーティーとデザイナー室の面々は大いに盛り上がった。

「このやろーっ！　あきやから離れろよっ！」

悠太郎が、レオンくんを僕から引き剝《は》がそうとしている。レオンくんは勝ち誇ったように、

「オレなんか、香港で、アキヤをしっかりソファに押し倒したんだ。未遂だったのが残念だけど」

「なにいいいっ！　オレのあきやをっ？　許さないぞ、ガキのくせにっ！」

「もうすぐ十八歳だ！　もう立派なオトナだし、ガヴァエッツリに預けた『李家の翡翠』の持ち主、李一族の御曹司《おんぞうし》だぞ！　ちょっとはありがたがれよっ！」

悠太郎はふふーん、という顔で笑って、

「御曹司なんていくらでもいるぜ！　あそこにいるヘンなイタリア人は大富豪ガヴァエッツリ家の御曹司だし、黒川チーフだって芸術家がたくさん出ているので有名な黒川家の御曹司だし、なによりオレなんか九州のフツーの家の御曹司だっ！」

「なんだよそれえっ！」

「ああ〜、まあまあ」

二人の間に、広瀬くんと柳くんが割り込んで、

「悠太郎さんも、未成年相手にムキにならないで」

「そうっすよっ！　精神年齢、二人とも小学生なんじゃないっすかあ？」

「なにいっ！」

悠太郎とレオンくんの声が見事にハモって、僕は思わず笑ってしまう。レオンくんが、

「アキヤ、これって君のナイトの座を争ってるんだよ？　アキヤはどっちがいいの？　若くてハンサムなオレと、二十歳過ぎてるくせにガキっぽいユウタロウと？　当然オレだよな？」

「なんだよっ！　あきやはオレが大学生の頃からずっと守ってきたんだからなっ！　急に出てきたガキにナイトの座を奪われてたまるかっ！」

ぐう～、っと唸《うな》って睨み合っている二人の間に割り込むようにして、アランさんが、

「お手柔らかに頼むよ。うちでデザイナーの修業中なんだ」

「ええっ？　『R&Y』で？」

悠太郎が驚いたように言う。レオンくんが得意そうに、

「そうだよ。オレって才能あるかも……」

彼の頭をコツンと小突くようにしてアランさんが笑い、

「修業中だと言っただろう？　ロスに帰ったら美術学校に放り込むからそのつもりで。一度でもサボったら、デザイナー修業はそこで終わりだ。……いいね？」

翡翠色の瞳で、ものすごくセクシーな流し目。でもけっこう迫力があって怖い。

「サ……サボらないよお……。ちゃんと勉強するよお……」

レオンくんは、なぜだか頬を染めながら、おとなしく言っている。

……まるで仔《こ》ライオンみたいだった不敵なレオンくんが、なんだか可愛くなっちゃってる。……アランさん、猛獣使いの才能もあるかも！


「オレ、ちゃんと勉強して、『R&Y』のデザイナーになって、一生懸命お金を貯めるんだ」

みんなに宣言するレオンくんの目からは、この間までのヤケクソな感じの光が消えていた。

「それで、もう一度香港に住む。そして、ガヴァエッリ・ジョイエッロからあの翡翠を買い戻すんだ」

ジュエリーデザイナー室のメンバーが、すごい！　偉い！　とレオンくんをほめている。

僕は、いつの間にかそばに来ていた雅樹を見上げる。

彼がこんなふうに希望を持てるようになったのは、雅樹のおかげでもあるよね？

雅樹は、僕を見下ろして少し笑うと、

「……悪いけれどちょっといいかな？　急ぎの用事なんだ」

「あ、はい！」

僕はみんなに声をかけてから、その場を離れ、雅樹の後を追う。

「あの！　どうしたんですか？　仕事上のことで、何か問題でも？」

僕は彼の長い脚のストロークに合わせようとして、早足になりながら、彼の顔を見上げる。

「ああ、ちょっと重大な問題が」

彼の真面目な顔、深刻な口調に僕は青ざめる。

「今から俺の部屋に来てくれないか？　それとも、もっとここにいたい？」

「いえ、もう野川さんたちも退場しちゃったし、悠太郎たちはきっとあのまま朝までどこかで騒ぐだろうし、今からあなたのお部屋に伺います！」

「それならよかった」

人混みに巻き込まれそうな僕の肩を、彼のあたたかな腕がさりげなく抱き寄せる。

僕は、また事件が？　と焦りながら店の外に出て、彼の車に乗り込んだ。


天王洲《てんのうず》にある、雅樹の部屋。

ライトアップされたレインボーブリッジと、遠くまで広がる東京の夜景。

香港のあの華やかな彩りはないけれど、僕はここから見る景色がすごく好き。

だけど、今夜の僕にはそれを堪能している余裕はなくて。

「どうしたんですか？　また、すごく大きな仕事を依頼されてしまったとか？」

僕は、すごく真剣な顔の雅樹を見上げ、

「なんでも言ってください。僕、あなたのためでしたら、どんなことでもします！」

「それは嬉しい。……どうしても君の力が必要なんだ」

「ええっ？　なにか面倒な問題でも？」

「面倒ではない、どちらかというと」

真面目に引き締まっていた彼の横顔に、ゆっくりとセクシーな笑みが浮かぶ。

あれ？　と思った僕を横目で見て、

「とてもデリケートで、どちらかというと……とても気持ちがいい」

「えっ？」

その笑いを含んだ声に、僕は息をのむ。彼がこんなセクシーな声を出す時は……、

「香港で買ってきたシルクのパジャマ。せっかくだから、今夜、着心地を試してもらおう」

思わず真っ赤になった僕に、彼が優しい、でもすごくセクシーなキスをする。

陶然とした僕の身体が、いきなりふわりと抱き上げられる。

ベッドのあるロフトへ続く、パンチングメタルの階段。雅樹は、僕を軽々と抱いたままそこを上る。

ロフトにある、広い広い僕らのベッド。そこに僕をそっと下ろして、

「愛しているよ、晶也。君のためなら、どんなことでもできる」

こう囁かれたら、僕の理性はとろとろに熔《と》けてしまって。

「愛してます、雅樹。僕もあなたのためなら、どんなことでもします……」

「どんなことでも？　今夜、どんなすごいことをしてくれるのか、とても楽しみだ」

僕の上司は、クールで、ハンサムで、セクシーで……でも、こんなにエッチなことを言う。

「才能に溢れ、美しく、しかもこんなに上司想いの部下を持って……」

彼は笑いながら、僕の唇に、ちゅっと甘いキスをして、

「……俺は、本当に幸せなジュエリーデザイナーだよ、篠原くん！」

あとがき

こんにちは、水上ルイです。初めての方に初めまして。水上の別のお話を読んでくださった方にいつもありがとうございます。

今回の『憂えるジュエリーデザイナー』は、ガヴァエッリ・ジョイエッロというイタリア系宝飾品会社を舞台にした、ジュエリーデザイナー達のお話。有名デザイナーの雅樹と彼の部下である新米デザイナー・晶也が主人公。いつもは仕事をしつつラヴラヴ新婚生活を送っている二人ですが、今回は雅樹にとんでもない試練が。香港を舞台に、伝説の宝石『李家の翡翠』を巡ってライバル達と戦います。

この本は現在は絶版になっているリーフノベルズの文庫化で、ジュエリーデザイナシリーズ（以下ＪＤシリーズ）の第六弾にあたります。といいつつ、ＪＤシリーズはすべて読みきりですのでこの本から読んでも全然大丈夫。安心してお求めください（ＣＭ・笑）。

プロフィールにもありますが、私は物書きになる前は某企業でジュエリーデザイナーをしていました。ガヴァエッリ・ジョイエッロのデザイナー室は、以前私がいた会社が舞台です（細かいところは変えてますし、ラヴな部分はもちろんフィクションですが・笑）。伝説と言われる宝石、それを巡るデザインコンペ、デザインコンテストなど……私にとっては意外にリアルなネタかも。読み返して「懐かしいな〜」とデザイナー時代を思い出しました。

ＪＤシリーズ、毎回ショート小説を書き下ろしております。今回も新作載ってます。ＨＰに「書き下ろしショートをたくさん書いてネタが切れそうです。お題をいただければそれをショートにしますのでリクエストどうぞ」と書いてみたら、たくさんのリクエストが届きました（ありがとうございます・感涙）。今回はその中から『本編の舞台になった香港っぽいお話』というお題をショートにしてみました。二人がラヴラヴで飲茶をするお話（ショートタイトルの『ＤＩＭ　ＳＵＭ』は点心のことです）です。引き続きリクエスト募集中ですので、よかったら幻冬舎さん宛のお手紙か、ＨＰ経由水上宛のメールにてどうぞ！

この本から読んで、雅樹と晶也の馴れ初めが知りたくなったあなたは、第一弾『恋するジュエリーデザイナー』を探してみてください。あと、チラリチラリと出てくる副社長のアントニオ・ガヴァエッツリと、晶也の親友の悠太郎が主人公の番外編『副社長はキスがお上手』もあります（第一弾はすでに文庫化されております）。興味のある方はそちらも探してみてくださいね（またＣＭ・笑）。

この本から、シリーズ第二部が開始となりました。イラストが第一部の吹山りこ先生から円陣闇丸先生になり、内容もちょっとだけ大人向きに。ＪＤシリーズ新作の予定もありますのでそちらもお楽しみに。

それではここで、各種お知らせコーナー。

★個人同人誌サークル『水上ルイ企画室』やってます。

オリジナルJune小説サークルです。（受かっていれば・汗）東京での夏・冬コミに参加予定。夏と冬には、新刊同人誌を出したいと思っています（希望・笑）。

★水上の情報をゲットしたい方は、公式サイト『水上通信デジタル版』へアクセス。

『水上通信デジタル版』　http://www1.odn.ne.jp/ruinet　へPCにてどうぞ。

それではこのへんで、お世話になった方々に感謝の言葉を。

円陣闇丸先生。今回は、イラストの使用許可をありがとうございます。今見返してみても、本当に美しいイラストの数々、本当にありがとうございました。クールでとてもハンサムな雅樹、とても美人な晶也にうっとりしました。これからもよろしくお願いできれば幸いです！

TARO。うちの猫達は中国風。杏仁とピータン。

編集担当Sさん、前担当Oさん、そして編集部のみなさま。今回も本当にお世話になりました。これからもよろしくお願いできれば幸いです。

そしてこの本を読んでくれたあなたへ。どうもありがとうございました。これからもJDシリーズ続々発刊されると思います。新作ともども応援していただけると嬉しいです。

それでは、また次の本でお会いできるのを楽しみにしています。

二〇〇九年　夏　　水上ルイ

DIM SUM

仕事が一段落し、やっと二人きりになれた金曜日の夜。俺はマスタングに晶也を乗せ、荻窪にあるアパートまで彼を送ってきた。

晶也が住んでいるのは、築何十年と経っていそうな古い物件。だがリフォームを自由にしていいということで、晶也が自分の手で美しく整えた。飴色のフローリングが張られた床、素朴な雰囲気のある漆喰の壁。晶也の部屋は、俺にとっても不思議と落ち着く空間だ。部屋には、晶也が好きな静かなボサノバがゆったりと流れている。

仕事が立て込んでいて、しばらくデートができなかった。こうして二人きりになれる夜は、なんと二週間ぶりだ。ロマンティックなメロディとふわりと漂う晶也の甘い香り。俺は野獣になりそうな自分を必死で抑えつけているが……もう限界が近い。

「うわ、すごい」

晶也が、クール便で届いた保冷ケースを開けながら言う。

「冷凍の飲茶セットです。香港からですよ」

さっき抱き締めてキスを奪おうとした時、ちょうどチャイムが鳴ってしまった。晶也は俺の腕をすり抜けて玄関ドアを開け、そしてこの宅配便を受け取ってしまった。

「もう一つは、なんだろう？」

晶也は嬉しそうな顔で、保冷ケースと同時に届いたダンボールの箱を開く。厳重な梱包材の中から大きな円筒形の何かを取り出す。

「うわ、蒸籠《せいろ》です。小籠包とか蝦餃子とかをこれで蒸したら美味しいだろうなあ」

「あとで食べに出ればいいかと思ったが……もしかして、お腹がすいている？」

俺は言いながら、ローテーブルの前から立ち上がる。

「それなら、何か蒸してみる？　俺がやるよ」

ワイシャツのカフスボタンを外し、腕まくりをする俺を見て、晶也が慌てて言う。

「嬉しいです。でも、蒸すくらいなら僕だって……」

「いや、君は絶対に火傷《やけど》をする。俺に任せてくれ」

俺は彼の言葉を遮って言い、キッチンの棚を開く。蒸籠を乗せるのにちょうどよさそうな鍋を出し、それに水を入れて火にかける。

「蒸籠を置くための金具があれば、中華鍋で蒸せるんだが。今日はとりあえず、この方法でやってみよう」

俺は言いながら、大きな蒸籠を水でゆすぐ。

「キャベツか白菜はある？」

俺が言うと、晶也は不思議そうに、

「キャベツならあります。キャベツも蒸すんですか?」

「蒸籠の底に敷くんだ。葉が三、四枚あればじゅうぶんだよ」

俺は晶也が出してくれたキャベツの葉を洗い、蒸籠の底にそれを敷き詰める。

「こうすれば、蒸籠の底に蒸し物の皮が張り付くのを防げるんだ」

「すごい。小籠包の皮が破けてスープが出たりしたら、もったいないですよね」

晶也は感心したように言い、俺の手元を覗き込む。

「あなたって、なんでも知ってるんですね」

言って、キラキラと煌めく琥珀色の瞳で俺を見上げてくる。

……ああ、そんな無防備な目をしたら、今すぐに襲いかかられてしまうよ、晶也。

「じゃあ、僕が蒸籠に並べますね」

晶也は菜箸を使って、皮の白く透き取った本格的な蝦餃子や、ふっくらとした小籠包、レースのような縁を持つフカヒレ焼売や、可愛らしい桃の形の饅頭などを二個づつ入れ始める。それらは美しい円を描いて計ったような等間隔で並べられていて……彼らしい美意識に、俺は思わず微笑んでしまう。

「素晴らしい。完璧だよ」

「本当ですか? 僕って意外に料理の才能があるかもしれませんよ」

「それはどうかな?」

俺は蒸籠を慎重に持ち上げ、湯気を上げ始めた鍋の縁にそっと載せる。晶也が差し出した『飲茶の調理のコツ』という英文の説明書を見ながら、七分のタイマーをかける。

「ここから先は君は近づいてはダメだ。きっとひっくり返す」

「僕をそうとうそそっかしい人間だと思っていますね？　そんなこと全然ない……あっ」

言った先から空の段ボール箱につまづき、転びそうになる。

「ほら」

俺はとっさに彼の腰に手を回して抱き留め、そのままその軽い身体を引き寄せる。

「本当にそそっかしいんだから」

囁いてさらに引き寄せ、その形のいい珊瑚色の唇にそっとキスをする。

「……ん……雅樹……」

唇で触れる彼の唇はとろけそうに甘く、少しかすれたその囁きは目眩がしそうに甘い。

「心配で、どうしても放っておけない」

「……そんな……」

キスの合間に、晶也が微かな声で囁く。

「……あなたは僕を甘やかしすぎです……」

そしてその美しい琥珀色の瞳で俺を見上げて、

「……そんなにされたら、あなたなしでは生きられなくなってしまいます……」

「それなら、もっと甘やかさなくては」

俺は囁いて、彼の耳たぶにそっとキスをする。

「俺なしでは生きられないようにしたい」

「……んん……雅樹ったら……」

長い睫毛を伏せ、頬を染める晶也はあまりに色っぽい。俺はたまらなくなって、晶也の身体をそのまま腕に抱き上げる。

「ここにいたら蒸籠をひっくり返すかもしれない。向こうの部屋に行こう」

チュッとキスをして囁くと、晶也はさらに頬を染めてうなずく。彼を抱いたまま一歩踏み出した俺は、何か紙のようなものを踏んだことに気づく。下を見ると、床に落ちていた封筒の端を踏んでしまっていた。

「ああ……申し訳ない。荷物の送り主からの手紙を踏んでしまった」

俺は言って晶也の身体をそっと下ろし、封筒を持ち上げる。晶也はそれを受け取って、

「すみません、手紙が入っていたことに気づいてませんでした。きっと、蒸籠を出した時に落ちたんですね」

上等そうな紙で作られたその封筒には朱の封蠟が押され、洒落た雰囲気にデザインされた二頭の竜が金色に浮かび上がっている。

その紋章を見て、俺はふと嫌な予感を覚える。

「てっきり慎也さんからの贈り物だと思ったのだが……もしかして別の人から？」

「ええ、アラン・ラウさんからです」

晶也はあっさりと答え、封蠟を慎重に剝がして中から便箋を取り出す。

「ええと……『君に香港を懐かしんでもらえるように。よかったら黒川氏と一緒にどうぞ。またどこかで会えたら嬉しい』だそうです」

晶也は煌めくような笑みを浮かべ、それからイタズラっぽい目で俺を見上げて、

「あなたと一緒に食べるだろうって、アランさんにはバレちゃってますね」

その無邪気な言葉に、俺は深いため息をつく。

「アラン・ラウからのプレゼントだったのか。まったく油断も隙もない」

思わず言ってしまうと、晶也は可笑しそうにクスクス笑って、

「またそんなことを。アランさんにはレオンくんがいるんですから」

「彼の心はまだ君の上にある気がする。その証拠にしっかり君をデートに誘っている」

「デート？　ああ……『どこかで会えたら嬉しい』という部分がですか？」

晶也は首を傾げる。

「そうじゃなくて、あなたと一緒に会えたら……っていう意味では？」

俺は晶也の嬉しそうな笑みに見とれ……それから思わずため息をつく。

「彼の真意はわからないが……ともかく、君にその眩い笑みを浮かべさせたのがあのアラン

・ラウだと思うと、それだけで悔しい」
「もう、雅樹ったら」

晶也はクスクス笑いながら便箋を封筒に入れ、それを冷蔵庫の上に丁寧に置く。それから腕を上げ、俺の肩に両手をそっと載せる。

「本当に、やきもちやきなんだから」

最上級の琥珀のようなその瞳が優しい光を浮かべて俺を見上げてくる。どこか甘えるような口調が、俺の欲望に火をつける。

「そうだよ」

俺は顔を下ろし、彼の唇にそっとキスをする。

「……ん……っ」

「オレはとてもやきもちやきで、心の小さな男だ。君がほかの男の話をするだけで、嫉妬でおかしくなりそうになる」

囁いて、さらに深いキスを奪う。力の抜けた上下の歯列の間から、そのあたたかな口腔にそっと舌を滑り込ませる。

「……あ……んん……っ」

舌で舌をすくい上げ、ゆっくりと舐め上げると、晶也の身体がピクンと震える。

「……ん……あ……っ」

俺はたまらなくなって彼のネクタイをそっと解く。

「……あ、いけません……」

可愛らしく抵抗をする右手を左手で握り締め、空いている右手でワイシャツのボタンを外していく。

「……あっ」

現れたのは、滑らかなミルク色の肌。平らな胸の先端には、まるでお菓子のように淡い色の珊瑚色の乳首が息づいている。俺は手のひらを彼の胸に当て、伝わってくるその熱い体温と、速い鼓動を確かめる。

「君の身体は、まるでできたてのお菓子のようだな」

指先で、そのサラサラとしたきめ細かい肌の感触を確かめる。

「……ん……」

「あたたかくて、柔らかくて、そしてとても美味しそうだ」

柔らかく立ち上がってきた乳首を、指先でそっと弾く。

「……ああっ！」

晶也は切ない声を上げ、身体を震わせてしまう。俺は両手を彼の両胸に当て、指先が触れるか触れないかのあたりで、乳首の上にそっと円を描く。

「……ダメ……雅樹……」

晶也が大きく喘ぎ、柔らかかった乳首が、キュッと硬く持ち上がってくるのが解る。俺は彼の両腕をそっと捕まえ、その甘いデザートのような乳首にそっと唇を近づける。

「……あ、ダメ、雅樹……」

俺の唇が、あとほんの一ミリで彼の美しい乳首に触れそうになり……。

ピピピピピ！

キッチンの作業台の上で、タイマーがけたたましい音を立て、俺は動きを止める。今にも泣きそうに潤んだ目をした晶也が俺を見下ろして、呆然とした声で言う。

「ええと……飲茶が、蒸しあがりました……」

「そうだな」

俺は苦笑しながら立ち上がり、彼の唇にそっとキスをする。

「まずは、飲茶を食べようか」

「そ、そうですね。やっぱり飲茶は蒸したてじゃないと」

晶也が真っ赤になりながら、ワイシャツのボタンを留めている。俺は手を伸ばしてコンロの火を止め、布巾《ふきん》を使って熱々の湯気を上げる蒸籠を鍋の上から下ろす。

「あはは、キッチンで何をしてるんでしょうね？」

晶也は俺に背を向けて言う。その形のいい耳は、美しいバラ色に染まっている。

「ちょっと我を忘れそうでした。恥ずかしい」

「晶也」

俺は、引き出しから箸を取り出している晶也を後ろからそっと抱き締める。

「今は飲茶。だが食べ終わったら次は君だ」

囁いて、バラ色の耳たぶを後ろからそっと甘噛みしてやる。

「……あ……っ！」

どこもかしこも感じやすい晶也の身体がブルッと震え、唇からとても切ない声が漏れる。

「こら、そんなに色っぽい声を出すと、飲茶の前に食べられてしまうよ？」

「……んん、イジワル……！」

晶也が囁き、俺の腕の中からしなやかな身体の魚のようにスルリと逃げる。俺に舐められた耳たぶをそっと押さえ、色っぽく染まった目元で俺を可愛く睨んでくる。

「僕が耳たぶが弱いこと、知っているくせに……あっ！」

「感じやすいのは耳たぶだけ？」

手を伸ばして首筋をくすぐってやると、晶也はまたたまらなげに声を上げてしまう。

「……ん、イジワル……！」

その甘い声に、俺の理性は今にも四散しそうだ。

俺の恋人は、美しく、色っぽく……そして本当にどこもかしこも感じやすい。

✦初出　憂えるジュエリーデザイナー……リーフノベルズ「憂えるジュエリーデザイナー」（2000年9月刊）
DIM SUM…………………………書き下ろし

水上ルイ先生、円陣闇丸先生へのお便り、本作品に関するご意見、ご感想などは
〒151-0051 東京都渋谷区千駄ヶ谷4-9-7
幻冬舎コミックス　ルチル文庫「憂えるジュエリーデザイナー」係まで。

幻冬舎ルチル文庫

憂えるジュエリーデザイナー

2009年8月20日　第1刷発行

✦著者	水上ルイ　みなかみ るい
✦発行人	伊藤嘉彦
✦発行元	株式会社 幻冬舎コミックス 〒151-0051 東京都渋谷区千駄ヶ谷4-9-7 電話 03(5411)6432［編集］
✦発売元	株式会社 幻冬舎 〒151-0051 東京都渋谷区千駄ヶ谷4-9-7 電話 03(5411)6222［営業］ 振替 00120-8-767643
✦印刷・製本所	中央精版印刷株式会社

✦検印廃止

ISBN978-4-344-81744-9　C0193　Printed in Japan